轻与重
FESTINA LENTE

姜丹丹 主编

智者的愚蠢

[法] 白兰达·卡诺纳 著　马洁宁 译

Belinda Cannone

La bêtise s'améliore

华东师范大学出版社

华东师范大学出版社六点分社　策划

主 编 的 话

1

时下距京师同文馆设立推动西学东渐之兴起已有一百五十载。百余年来，尤其是近三十年，西学移译林林总总，汗牛充栋，累积了一代又一代中国学人从西方寻找出路的理想，以至当下中国人提出问题、关注问题、思考问题的进路和理路深受各种各样的西学所规定，而由此引发的新问题也往往被归咎于西方的影响。处在21世纪中西文化交流的新情境里，如何在译介西学时作出新的选择，又如何以新的思想姿态回应，成为我们必须重新思考的一个严峻问题。

2

自晚清以来，中国一代又一代知识分子一直面临着现代性的冲击所带来的种种尖锐的提问：传统是否构成现代化进程的障碍？在中西古今的碰撞与磨合中，重构中华文化的身份与主体性如何得以实现？"五四"新文化运动带来的"中西、古今"的对立倾向能否彻底扭转？在历经沧桑之后，当下的中国经济崛起，如何重新激发中华文化生生不息的活力？在对现代性的批判与反思中，当代西方文明形态的理想模式一再经历祛魅，西方对中国的意义已然发生结构性的改变。但问题是：以何种态度应答这一改变？

中华文化的复兴，召唤对新时代所提出的精神挑战的深刻自觉，与此同时，也需要在更广阔、更细致的层面上展开文化的互动，在更深入、更充盈的跨文化思考中重建经典，既包括对古典的历史文化资源的梳理与考察，也包含对已成为古典的"现代经典"的体认与奠定。

面对种种历史危机与社会转型，欧洲学人选择一次又一次地重新解读欧洲的经典，既谦卑地尊重历史文化的真理内涵，又有抱负地重新连结文明的精神巨链，从当代问题出发，进行批判性重建。这种重新出发和叩问的勇气，值得借鉴。

3

一只螃蟹，一只蝴蝶，铸型了古罗马皇帝奥古斯都的一枚金币图案，象征一个明君应具备的双重品质，演绎了奥古斯都的座右铭："FESTINA LENTE"（慢慢地，快进）。我们化用为"轻与重"文丛的图标，旨在传递这种悠远的隐喻：轻与重，或曰：快与慢。

轻，则快，隐喻思想灵动自由；重，则慢，象征诗意栖息大地。蝴蝶之轻灵，宛如对思想芬芳的追逐，朝圣"空气的神灵"；螃蟹之沉稳，恰似对文化土壤的立足，依托"土地的重量"。

在文艺复兴时期的人文主义那里，这种悖论演绎出一种智慧：审慎的精神与平衡的探求。思想的表达和传播，快者，易乱；慢者，易坠。故既要审慎，又求平衡。在此，可这样领会：该快时当快，坚守一种持续不断的开拓与创造；该慢时宜慢，保有一份不可或缺的耐心沉潜与深耕。用不逃避重负的态度面向传统耕耘与劳作，期待思想的轻盈转化与超越。

4

"轻与重"文丛，特别注重选择在欧洲（德法尤甚）与主流思想形态相平行的一种称作 essai（随笔）的文本。Essai 的词源有"平衡"（exagium）的涵义，也与考量、检验（examen）的精细联结在一起，且隐含"尝试"的意味。

这种文本孕育出的思想表达形态，承袭了从蒙田、帕斯卡尔到卢梭、尼采的传统，在 20 世纪，经过从本雅明到阿多诺，从柏格森到萨特、罗兰·巴特、福柯等诸位思想大师的传承，发展为一种富有活力的知性实践，形成一种求索和传达真理的风格。Essai，远不只是一种书写的风格，也成为一种思考与存在的方式。既体现思索个体的主体性与节奏，又承载历史文化的积淀与转化，融思辨与感触、考证与诠释为一炉。

选择这样的文本，意在不渲染一种思潮、不言说一套学说或理论，而是传达西方学人如何在错综复杂的问题场域提问和解析，进而透彻理解西方学人对自身历史文化的自觉，对自身文明既自信又质疑、既肯定又批判的根本所在，而这恰恰是汉语学界还需要深思的。

提供这样的思想文化资源，旨在分享西方学者深入认知与解读欧洲经典的各种方式与问题意识，引领中国读者进一步思索传统与现代、古典文化与当代处境的复杂关系，进而为汉语学界重返中国经典研究、回应西方的经典重建做好更坚实的准备，为文化之间的平等对话创造可能性的条件。

是为序。

姜丹丹（Dandan Jiang）

何乏笔（Fabian Heubel）

2012 年 7 月

另一种思想

献给那个在他的小帽子上别夹子的人

"只有白痴才不怀疑。"

"您确定吗?"

"当然。"

——乔治·库特林①

如果愚蠢从内部来看无法与才华混淆,从外部来看也不具备任何进步、天才、希望和改善的表征,那就没人会想当蠢人,也就不会有蠢事发生了。

——罗伯特·穆齐尔②

---

① 乔治·库特林(Georges Courteline,1858—1929),法国剧作家、小说家。——译注

② 罗伯特·穆齐尔(Robert Musil,1880—1942),奥地利小说家。——译注

目　录

何为愚蠢？（何为聪明？）

　　我的同伴格列佛①和我之间有些许不同。除了我更加迟钝之外，我还会花更多时间来定位愚蠢。另外，愚蠢这个字眼也是他用的。确切地说，他用的是"智者的愚蠢"。我迫不及待地回答他："我也很蠢。""当然不蠢。"他有时候挺耿直的。

　　我不觉得愚蠢有什么好玩。一点都不觉得。愚蠢让我疲惫。与白痴对话让人疲惫不堪。仿佛一股烦闷突然袭来，让我一秒钟都忍受不了，恨不得拔腿就逃——然而一般情况下，我是不愿让别人难堪的——，该怎么逃出马蜂窝呢？说实话，我以前会被愤怒冲昏了头：就在前天，有个傻姑娘还一板一眼

---

　　① 原文中的名字是"Gulliver"，取自英国作家乔纳森·斯威夫特(Jonathan Swift)于1726年出版的小说《格列佛游记》(*Gulliver's Travels*)中的主人公的名字。——译注

地大发慈悲,跟我解释怎样克服失眠呢("要更好地接受自己的身体","晚上读点诗")。首先,我根本没有要她提供建议。其次,她一刻也没有怀疑过我可能在她之前就想到过这些措施了,而且我出于自身的需求,早就全都尝试过了,虽然可能并无大用。

这真是让人难以忍受的愚蠢:当我们发现什么新大陆时,我们总以为别人也该沾点光,换句话说,我们从没想过也许别人早就知道我们想告诉他的事了。无法站在别人的立场看问题,在与别人说话时不设法得知他在想什么、他知道什么和他不知道什么,对这些毫不在意,低估,乃至忽略别人:这就是愚蠢——自然会得到愤怒的回应。

格列佛立即打断了我,因为他不想谈这些。确实存在傻瓜、短视的人、胸无点墨又聒噪的人、狭隘的人,以及那些不明白自己正在到处重复些陈词滥调的人。但格列佛对那些完全有条件摆脱愚蠢的人,那些聪明人的愚蠢更感兴趣,他很坚持这一点。而且他说,他不觉得这很好笑,但也不会真正为此生气。这样的愚蠢让他感到的是痛苦。"是的,痛苦。这个词很重,但却是真相。首先是因为我很喜欢保持协调,而失调则让我难过。"我立刻向他指出,对异口同声的偏执追求是愚蠢的一大因素。人们总是偏好随波逐流。以前,人本能地为了获得身体上的舒适而选择群居(在岩洞中紧挨着取暖),而现在

2

的人也这么做,为的是获得精神上的适意。然而,我跟他说,我认为智慧就在于,总是需要后退一步,在集体中相互对视一下,才能发现大家是否齐声同唱。狂热地渴望成为集体中的一员当然只能带来随大流的结果。他又打断了我。"我说的不是异口同声,因为这需要人数众多才能实现。让我开心,使我感到深深喜悦的是能在某个重要想法上、在我喜欢的某本书或某部电影上、在某个我心心念念的观点上、在某种世界观上达成一致。我有多喜爱亲吻,就有多喜欢一致。我其实和很多人一样。这不是个弱点:当我们终于达成一致时,我们就能够确认一种共识,某个真理的存在——毕竟你我都这样思考,那总是有道理的,这件事应该是真的。这种快乐里面混着我们在华尔兹或探戈中会感受到的别样情愫:达成共识本身就很甜蜜了,就像两个人翩翩起舞时那身体之间的默契。但你说得对,这里确实有个潜在的危险:这样就把共识置于真相之上,与他者一同思考,而非公正地思考,以求获得纯粹的共识的愉悦。萨洛特①在《黄金果实》(*Les Fruits d'or*)中已经拿这开了不少玩笑。你想想,她在其中描述了评论家们的隐秘困扰——他们怀着各种好感,对新发表的小说《黄金果实》的

---

① 娜塔莉·萨洛特(Natalie Sarraute, 1900—1999),法国新小说代表人物之一。——译注

质量进行点评——,以及当他们无法达成共识时默默感到的苦恼。"

格列佛说,他有时想就智者的愚蠢这个问题写一本书。他还补充说:"这恰恰是为了治疗这种愚蠢给我造成的痛苦:当我们内心明白了一种现象时,它对我们的伤害就会少一点。"但是,由于他和善(这是我常和他交流的原因)又谦逊(这是肯定的),所以他宣称他对蠢人的愚蠢一点也提不起兴趣,而且也毫无为此写书的欲望。这和贪心地咧着嘴讪笑(这是格列佛的想象)的福楼拜,或急着将同时代的白痴们钉死在十字架上的雷昂・布鲁瓦①毫无可比之处。他反复强调,愚蠢更会让他流泪(当与他说话的人过于自命不凡时,也会让他有些愤怒,但尤其会让他痛苦)。这就是为何他对写这样的一本书心存不少疑虑:愚蠢首先是一个让人厌恶的主题。或者至少,他纠正道,书写愚蠢的作者在书写过程中总有些令人不愉快的感受。愤世嫉俗、尖酸刻薄、以恨为乐。他会变得不像自己了。

"另外,我不知道什么叫做愚蠢,也不明白什么叫做聪明。这是第二个疑虑。我在愚蠢这个问题上有些愚蠢。这个词就

----

① 雷昂・布鲁瓦(Léon Bloy, 1846—1917),法国作家和散文家。——译注

像个储物间,我用它来指代那些我觉得配不上正常智力的言行。但是,我毕竟也对智力和正常知之甚少……"

他说,理想的做法是写一本书,而没有一个读者能够从中看到自己,但却能找到他的许多朋友。

乌伊讷^①与重新审视

　　格列佛的问题是,他把什么都太当回事了。我是有立场说这话的:我们整天窝在一起工作,我对他可谓了如指掌。举个例子:我们去看乌伊讷的最新电影——被人交口称赞为"杰作"、"无与伦比的艺术家"等等——,人们总是对乌伊讷冠以这些溢美之词。这是一段戏剧史^②。虽然有些让人摸不着头脑,但他参考了一些顶级作者(卡夫卡,乔伊斯),还引用了一些金句。电影对分镜头的处理让人讶异,背景也具

---

　　①　作者在本书中对现实世界颇多影射。乌伊讷(原文为 Ouiyhn)这个名字纯属虚构,实际指的是法国新浪潮电影的代表导演之一让-吕克·戈达尔(Jean-Luc Godard,1930—)。详见作者后记。——译注
　　②　"戏剧史"影射戈达尔于 1988 年到 1998 年拍摄的系列影片《电影史》(*Histoire du cinéma*)。——译注

有知识分子气息,颇为感人:如何在奥斯维辛之后创作戏剧？好吧,这是我的理解。几天后,当我们和朋友们吃晚饭时,格列佛表达了他不满的原因:"知识分子式的放荡所造成的最坏的影响:名言的拼贴取代论证;档案图片代替了现时的平常画面,以为这样可以体现时间的跨度;集中营的景象成为了对整个世纪的思考,最后还有那些几十年来把我们骗得团团转的人,他们展现的是他们狡猾的一面,甚至比狡猾更糟糕,他们恶劣的一面"——我就不多说了,他对电影结构的分析颇为严厉。和格列佛在一起的问题是,他会说让他生气的事——或者说是他说的事让人生气,差不多是这样。

话音刚落,坐在对面的一位朋友就跳了起来。"你不能这么说。乌伊讷可是个大人物,他的作品不能小觑,你不能不欣赏这样的一位影像大师。不好意思,他的电影改变了电影史。"他为乌伊讷的辩护中找不到一个论据。格列佛说得对,我们的朋友正好禁止了我们思考:"这是一位伟大的创作者——你不能批判他。"然而,格列佛偏偏喜欢批判,或者说,他具有批判精神。显然,这常常很不讨好。他声称一切都应该再三审视,我们应当把一切都置于放大镜之下。"很简单。如果你没有重新深入思考,那么没有什么是站得住脚的。"他提到了笛卡尔,认为我们倾向于遗忘笛卡尔对欧洲思想的贡献,我们今天常常视其为某种理性主义(人们称之为笛卡尔主义)的罪魁,将这一主义与幻想、感性、非理性相对立,并忽略了一个事实,那就是在笛卡尔的时代,他所要抗争的是蒙昧主义、迷信和教条主义。"我们把一切都放在眼前,这个诱人的想法,精明的前提,然后我们就开始重新审视。假如它站得住脚,那我们就保留。要是站不住脚,那就改变。"他说这是个相当简单的提议,但他在其中看到的恰恰就是反对一切权威的精神自由的条件。但他并没有注意到这其实一直是我们同时代人的条件反射。

这最终还是给他造成了困扰。

今天早晨在巴士底,我们在工作前喝咖啡时,我忍不住问了他一个一直在我的嘴边打转的问题:是否存在智者的愚蠢(我借了他的概念,用他人的原话更有效率)的当代形式? 总而言之,他是否对今天的布瓦尔和佩居谢①感兴趣? 他咬了咬嘴唇(我与他相处日久,很清楚他被激怒时的表现,但他是个和善的人,所以不会发怒)。"我说的不是布瓦尔和佩居谢。因为让我耿耿于怀的不只是当代蠢人的愚蠢,或是1881年②

---

① 《布瓦尔和佩居谢》(*Bouvard et Pécuchet*)是福楼拜的一部小说,作者在其中探讨了"愚蠢"(bêtise)这一问题。福楼拜是第一位真正意义上定义了"愚蠢"的作家。——译注

② 《布瓦尔和佩居谢》发表的那一年。——译注

时的愚蠢，我告诉你，我所感兴趣的是聪明人的愚蠢。他们修养不凡，见多识广，能够自由地(姑且这么想)在任何时候，对任何话题运用他们的智力，然而他们却同时受到了教条的影响。噢！这是一种精致的教条，可不仅仅是多数人的意见，而是这个相对较小的团体内部——聪明人的团体——的意见，他们统治着当代的思想。"七月柱上的自由神像仍然单腿站着，仿佛代表着我的思维正在努力理解我面前坐着的人，他有时浮在空中，有时又面临危险，而当我们离开咖啡馆时，格列佛继续说道："想想我们在菲兰特家的聚会吧。那个女人是老师吧，个子很娇小，漂亮又有趣，甚至可以说迷人。"我知道他想说的是谁，那天晚上，她被提到了不少次，她对戏剧、电影、书籍、绘画……都知之甚详。"但我们很快就发现，她只是肯定了约定俗成的价值观。四平八稳，从不冒险。如果你想知道时下的教条所宣扬的事，只要听她说话就行了。我把你的问题带回到了当代性上：教条是一种时代性的概念，指的是当下占统治地位的舆论。总而言之：教条指的并非是心理的、个人的或永恒的愚蠢，而是当代的愚蠢。然而，我们的教条到底捍卫什么？如果你能成功分析出这一点，那么你就能描述今天的愚蠢。比如说，在菲兰特家的艺术讨论会中，你注意到，在十九世纪，官方艺术的支持者说：'我呢，是支持秩序的，先生'，而同一批人在今天却说：'我支持无序。'他们的话确切来

9

说是'颠覆'。他们说的时候怀着相同的淡定,始终觉得'就该这样'。戈德伦、布达尔、维戈[①]可不能批评。'我呢,是支持颠覆的,先生。'这位自由的女士怎能特别捍卫约定俗成的价值观呢?她真心以为自己是颠覆性的。要是我们说她完全符合标准,她兴许会非常吃惊。其实,我感兴趣的愚蠢更接近于随波逐流主义,即对统治性思想的屈服,而非愚笨。如果你相信精神的自由的话,忍受这样的愚蠢其实更加残忍。"

格列佛已经被伤了心。

---

① Goden, Burard, Hougot,这三个名字是作者拆解重组了法国导演让-吕克·戈达尔(Jean-Luc Godard)、法国概念艺术家丹尼尔·布伦(Daniel Buren)和法国小说家克莉丝汀·安戈(Christine Angot)的姓氏而来。——译注

程度的问题

我是个固执的人，是要打破砂锅问到底，绝不让任何观点蒙混过关，常常用"假设我明白你的意思……"来重新发起对话的人，就是那种憨憨的类型（不是指胖，而是比较敦实，喜欢舒舒服服的人）——我的意思是，我很接地气。每个人都有自己的优点。于是，我向格列佛提供了我的理解，来证实我确实明白了他的意思。"总而言之，在一个蠢人和非蠢人之间并没有本质上的不同。这只是一个阶梯问题。这把梯子就被放在教条这一散发恶臭的污泥之中，而梯子最下面的几级就淹没其中。有些人的大腿都被埋在污泥之下。而另一些人则占据着中间几级。站在阶梯的顶端就能呼吸得更顺畅一些，肺部毫不受压迫，双腿十分轻快，精神也更为自由。越不堕入教条中，就越不愚蠢。""描述得很精彩"，他告诉我。

一个模糊概念的诱惑:反动派

我进城吃晚餐——这么说有点傻,因为我们和做东的朋友都住在同一个城市。好吧,简单说就是我们进了城——在晚餐期间,格列佛提到了一位聪明的艺术评论家的最新文章——这么说有点傻,因为他之前还向我承认他并不知道什么叫做聪明。不过,和我们一桌的同伴就不必这么抠这些细节了——的确,他赞扬的这位批评家总是细致地再三审视约定俗成的价值观。简而言之,我们乐于听坐在我们面前的这位词锋犀利、修养不凡的先生侃侃而谈。他当时说了这么一句话:"但这家伙还挺反动的,不是吗?"

随着与格列佛的接触增多,我逐渐明白了他所谓反动的意思。我得承认,这个词是当代愚蠢的典型样式,百分之九十如此。我有一刻曾相信,格列佛会发作出来。但他没有。他只是嘟囔了几句便作罢,多半是对讨论话题之广感到气馁,而我们的讨论本该是能够启发他的——或者说,他很清楚,我们只能启发那些已经理解我们的想法的人……

最近一段时间以来,人们对"反动"这个说法的使用毫无疑问地呈现出一种疯狂态势,以至于这让我注意到,好些有识之士开始认为有必要对其进行批判,并将其背后的意义完全彰显出来:使用这种说法的人站对了边,是大胆的创新者,是那些对新鲜事物无所畏惧的人,他们甚至主动追求,以各种形式迎接新事物。为什么?因为他们不怕挤压传统,无惧摆脱传统,甚至敢于扰乱和颠覆。扰乱:典型说法——与反动(有时候也会被布热德主义①取代,但是年轻人已经不理解这个词的意思了)对立。

我们有几周会在城里吃好几次晚饭。因为大家都知道我和格列佛的关系非常好,所以我们两个被同时邀请的次数不少。整晚最大的快乐常常是在回家路上(我们住在同一个街区)我们相互交换的评论。"那么,"我在我们与主人道别时,冷不丁地问他,"怎样分析反动中的愚蠢呢?"

---

① 布热德主义(poujadisme)诞生于 1953 年,得名于法国工会领袖皮埃尔·布热德(Pierre Poujade)。原本意指为小商小贩争取经济利益,后来常被用作贬义,被用来形容粗俗而胸无大志,只关心鸡毛蒜皮的小事的行为。——译注

"好吧,让我们拿造型艺术来说吧。你得跟我一样承认,成为扰乱者就等于承担从……浪漫主义开始构建的艺术观。这可不是昨天才开始的。我们从那时起就开始拒绝一切继承得来的准则。很好。然后,马奈来了,他扰乱了既成的、完美的美学秩序,印象派画家们也是。行。他们是真正的扰乱者。虽然扰乱本非他们所愿:他们更新了美学准则,但却没有预设哪种立场。要等到二十世纪初历史先锋派的出现,颠覆才成了明确的立场,得到了实行。我不会强调这项事实(总体而言,我得承认,他确实在努力不强调任何事实),那就是今天的那些自认为最坚定的扰乱者是以不扰乱任何人而著称的,而且他们还在各种国家博物馆和档次最高的出版社招摇过市。这里的愚蠢首先就在于,在成为一种过时得可怕的理念的传令官的同时,还以为自己站在思想的前沿——我就不拐弯抹角了,因为号称自己是个扰乱者,这已经不新鲜了。其次,他们的愚蠢还在于不明白当所有人(部长们、共和国总统和文化事务的负责人们)都喜欢扰乱的时候,这一扰乱其实没有扰乱到任何人。于是,这就成了盲目。"

我问他,认真地说,"过时"的思想是否是智力层面的问题。的确,我们常常会听说,好的思想应当能够预见,好的思想是今天就拥有的明日的思想。简而言之,是一种先锋思想。那么,为何不考虑昨日的思想,也就是历史呢? 为何不与这样

14

的思想保持连贯性,哪怕要与之斗争,从而更好地发明今天的新思想呢?总而言之,现代性思想,正如波德莱尔所提出的那样,可以被如此概括:所谓现代,并非指的是先锋,而是指今天。说真的,这事可不傻。

格列佛完全同意。他想说的是:我们谈的这些愚蠢的聪明人相信先锋主义,其实他们已经跟不上时代了。这就是为何我们(他很善良地把我算在非蠢人行列)每天都冒着发疯的危险,他这么说道。"如果无序是今天的秩序(即:以他们的方式进行颠覆对于被各种机构接受是必要的话),那么从我们反抗看重这一假无序的秩序开始,我们就被视作反动派,仿佛无论什么样的批评,都得从逆向的角度出发——这还是从十九世纪继承得来的信仰。换句话说,(在当下的世界)看重无序(表面的无序)就是一种秩序。概括而言,这是一种精神的陷阱:'要符合秩序,就请颠覆吧。'这近乎矛盾的指令,也就是double bind①。"

我们在夜里穿过了一片荒无人烟的街区,一切都显得不太真实,很可能是因为老旧的路灯正投射着昏黄的光线,而这在城市里已经很罕见了。我全力思考着。这已经不是我们第

---

① 意思是"双重束缚"。这是心理学专用语,指的是个体同时接受两个或两个以上自相矛盾的信息或指令,致使该个体陷入两难困境,感到无所适从。——译注

一次提到无序的秩序这一理念了。

我对他说，细细想来，我们会发现，这种态度也是政治世界的特点。在政治世界中，在一些低潮期，我们所捍卫的不再是内容，而更多地是立场(军事意义上)，以至于我们会针对一些说法争论不休，而忽略了建议或分析。他对我说："这不少见(这样的好事从来不少)。"这很有趣，因为在这样诡异的光线之下，我们根本看不清什么，或者说我们看到的都是变形的。他继续说道："在美学领域，舞台中央的演员们被撇在一边，没有人能赢得什么。我更想说的是姿态。先锋姿态，颠覆性姿态。如果你尝试将任何自由人都应该具备的智力美德(我调皮地插了一句：'从笛卡尔开始吗？')，是的，如果你尝试将这些高人一等的、批判性的美德用于制造官方造型艺术家的话，你必然会看到——甚至没等你想出论据——跟你说话的人嘴角露出浅笑，仿佛在说：'是啊，我知道……您不喜欢当代艺术……其实吧，是您没明白……或者说，您大概是比较反动的……'于是，讨论还没开始，就夭折了。没有论据，只是姿态之间的交锋。"

我们穿过一个光线明亮的十字路口。稀疏的几辆车在红灯前停着。因为光线太明亮，我们看不到星星，夜晚的天空也被罩上了城市的光辉。也许，当我们失去与宇宙的联系时，我们的思维就会变得狭隘。

我将他送到家门口:"你看,让我最难受的是:我跟你说的话其实毫无新意,反动这个模糊的概念已经被聪明地揭露过好几次了。我甚至不敢写这个概念,因为这已经被盖棺定论了。然而,要聪明的、受过教育的和……愚蠢的人们掌握这个概念还需要一点时间。让我们稍安勿躁。"

现代面包房和进步小酒馆

第二天早晨,我又到了那里,站在人行道的边缘,睡眼惺忪。耳边传来新的一天的熙熙攘攘,苏比翁小街上车水马龙,仿佛在排队去地狱的路上,每一辆车都飞速地跑着,经过又超过,一辆赶着另一辆。我一边重新思考着我们前一晚的对话,一边对自己说:"反动,这也太异想天开了,谁会反动啊,谁能想象居然可能会开倒车? 倒不如要火山将它喷出的岩浆阻滞在斜坡上。"然而,我被迫在发狂的引擎流前停下,又想到了一个反对的理由:"有时候,难道不应该多少阻滞一下吗? 或者至少难道不该停下脚步,不要不管三七二十一往前冲吗? 不再奴颜婢膝地把别人的话当圣旨? 现代人的癖好是任由自己被历史的洪流摆布(被其扣上枷锁,不是吗):总是越来越快? 是啊,我将快速前进,我将赞美快速。啊! 我可是不会批评进步的。尽管会痛，但我还是把头放在案板上任人宰割，而且我认命。"

我大笑起来！我变得像格列佛似的。

虽然如此，我还是再次想到了这些还叫做进步小酒吧或现代面包房的好地方。外层的颜色已斑斑驳驳，店名的字体早已过时，墙面没有采用任何新材料，或者说对当时来说的新材料——现在已经完全不是新材料了——装饰。而且唯有进步和现代这两个词才能勾起我们的复古情怀。反动这个词就有几分这样的味道，这是个以前的词汇，当时的人们在为创建一个新社会斗争，而某些人，也就是那些反动派们则更喜欢一如既往地维持不公正，这个词属于偏爱旧制度的人们所在的时期。在我们的时代，共和国的总统会在蓬皮杜国家艺术中心项目启动时宣称："艺术应当是颠覆性的"，而更近一些的例子有2005年的国际当代艺术展，当时的总理明确表示，违抗是艺术的必需。而右派大党的领导人也不断号召人们决裂。在这一背景下，我们也许应该思考颠覆(反义词：反动)这样的词汇的意义和功效。这些人，无论是当时还是现在，都是真诚的：三十年以来，保守党派人士一直在支持颠覆派艺术家(也为之欣喜)。要么他们并非保守派，要么涉及的艺术家……

当我们到达办公室时，我把这些想法告诉了格列佛。他对我说："你还记得我们几年前的热情所在吗？当时，圣厄斯

19

塔什教堂放了一部比尔·维奥拉(Bill Viola)的视频作品,名叫《圣母往见》(*La Visitation*)。这位视像艺术家为他的人物模型穿上了十六世纪初蓬托莫(Pontormo)所作油画中的人的衣装。他的灵感就来源于此。维奥拉的作品的主题是,玛利亚在第三人在场的情况下,向伊丽莎白宣布自己怀孕了。他要她们简短地模仿(在四十五秒之内)蓬托莫油画中的几个举动(来到街上,说几句话⋯⋯)。这段视频连轴放映着这个场景,但速度是如此之慢(需要十分钟),以至于让人都以为时间快要静止了。这段经历对精神和身体的影响都非常大:提醒我们何为凝视,也就是将片刻悬置起来,此时,投身画中就是将自己拖入自己的内心世界。在这里,内心的呼吸也变得缓慢起来。但事情也并不是完全这样,毕竟图像,正如今天的各种图像一样,是动态的。使画中人动起来是颠覆性的吗?

"我猜想那些愚蠢的聪明人是这么说的。维奥拉使用了一幅旧画,这是第一次颠覆。他赋予它动态,这是第二次颠覆。

"你会向我承认,问题并非如此。说起颠覆,就是将一切不管三七二十一,强行归为一种先锋理念,这一切包括一部作品,及其影响的新意,其让我们在清醒意识的情况下,重新感受一种内心态度的能力,而这种态度通常是在我们不知不觉中被采纳的。

20

"维奥拉的视频再一次证明,我们能够用完全创新的手段来创作美妙的作品。

　　"是的,绘画不再是唯一的媒介。在我们这个时代留下印记的,正是艺术所掌握的各种各样的手段。

　　"然而,当代官方艺术 (art contemporain officiel; 简称 ACO)的各个部门却统一口径,推崇着异常相似的作品。

　　"随波逐流,都是随波逐流……"

随波逐流:批量生产副本

今天早晨,我还在睡眼惺忪之际听到下面的街上,那个常爆发震颤性谵妄的年轻流浪汉正在尖叫:"你想玩什么?"一般来说,这是个好问题,我这么想。但这也太早了吧?

我常常有这样的印象,那就是我胖嘟嘟的身材会拖慢我的速度,鼓励我踏实地思考,怎么说呢,就是明确一些事情,在我到处冒险之前稳扎稳打。我没有立即起床去吃午饭,而是先把所有想法都一一列出,试着给它们排个次序。

格列佛谈到"智者的愚蠢",他想用这个说法来描述思想的随波逐流。为何是"智力的"?这难道不矛盾吗?是的,当然是矛盾的。他想说的是什么?他想说的是,如果愚蠢总是重复自己的话,那我们最后就能认出它,完美地避开它。然而,愚蠢正如人性,是很有才的,和智力以及创造力一样有才。

所以,愚蠢其实是……聪明的?这并不确切,愚蠢其实是抄近路。但要知道,愚蠢是靠着攀住聪明不放,在聪明面前竖起新的障碍,才得以不断更新的。举例而言:面对二十世纪初的先锋派所提出的石破天惊的主张,愚蠢先是发出抗议,然后便跟在颠覆的理念后面亦步亦趋。由于愚蠢从定义上来说,就是既沉重又迟缓的,在自以为具有颠覆性的行为中不断重蹈覆辙,故步自封。我们只要看看杜尚的追随者们就会明白,后者隔了九十年,仍然在用"现成品"(ready-made)糊弄我们。他们的随波逐流束缚了艺术智力:对今日的青年造型艺术家来说,不仅要一如既往地维持足够的想象力来创新,还应为达此目的,摆脱继承自杜尚主义的大量智力层面的条件反射。这里存在着危险:愚蠢自我更新,采纳了几代人之前还十分聪明的理念,即有生命力的理念,但这在最近五十年以来却成了彻头彻尾的随波逐流。

事情就这样发展着。我将各种理念排好顺序。于是,在1917年还是一个革命性概念的现成艺术在后来的数十年间却成了一种随波逐流。那些蠢人将它吸收,不厌其烦地复制着杜尚的"泉",而正是因为他们,现成艺术才得以苟延残喘。在这期间,艺术智力(创造力、精神、才华)生产了一些新作品。但这一生产过程非常痛苦,尤其是因为艺术智力必须体现出其时代大规模主张的随波逐流。从这些新事物最终被愚蠢所认同开始，愚蠢就开始将其垄断，并长时间寄生于此。

于是，愚蠢便不断更新，这使得它很难被发现，因此也就十分危险。一般来说，那些揭露愚蠢的人(那些看到愚蠢的各种新形式的人——因为智者的愚蠢并不是实质，只是不断重复的化身)总是被人误解，不讨人喜欢。因为大家都会嘲笑那些类似穿着紧身胸衣的曾祖母的陈年蠢事，但新的愚蠢却更具有欺骗性。因为后者身着上几代人华丽的智力外衣(假如我的祖母在大雾天穿上迷你裙，那说不定就能骗到人了)。这就是为何随波逐流没那么容易被认出。

在床上这么激烈地思考了一番之后，我一跃而起，然后发现比平时更饿一些——这对我的这副身板可不是好事。

到了办公室之后，我便向格列佛概括了我的进一步思考。他对我说："愚蠢会自我改良，这就是可怕的地方。而且更糟糕的是，愚蠢今天正在倡导其对立面：改变、颠倒、自由——从理论上来说，就是随波逐流的反面。但是，由于愚蠢始终是愚蠢，它所呈现的这些价值只不过是个幌子，正如我们曾谈到的造型艺术。但是，你说的完全正确(我很骄傲)：智者的愚蠢，产物包括上几代人的创造的副本。"然后，他一边滑稽地看了我一眼，一边说："不管怎么说，我很高兴地注意到，尽管你一开始的神情有些不快，但你还是采纳了我的说法。当然了，我并没有像专家学者那样使用智力的概念，对其特征、运用等等进行定义。我完全没有这样做。我更想谈的是一种我们常常会在我们认为聪明而有教养的人群身上得到的普遍经验，因为他们相比其他人，拥有更多思考和解读现实的手段和时间，然而他们的随波逐流却让我们失望，让我们感到不是滋味。我并不怨恨那些不如我说的聪明人条件好的人，虽然他们很难了解世界，常常表现出偏见。我抱怨的是那些虽然智力出众，却并不会聪明地运用的人。他们在大多数时间都被自己的随波逐流缚住了手脚。好吧，正如你恰当地指出的那样，由于随波逐流自我更新，今天的我们不再是祖辈那样的随波逐流者。我的想法是，我们必须看透它的新装。"

然而，我并没有提到我那穿短裙的祖母。也许我应该继续早晨思考，因为当大脑还很清醒的时候，它能够打开过去一直紧闭着的思想的盒子。

何时开始？

"一种思想与其时代之间存在偏差,被简单概括为反动,这一说法可能并不是今天才出现的。"当格列佛以这句话作为开场白时,我正坐着。如果我抽烟的话,我就会点一支烟,如果我喝蒸馏酒的话,我就会端起一杯威士忌;一般来说,假如在我家的话,我会舒舒服服地躺在一张扶手椅中,给我们两个各倒一杯红酒,再向他投一道询问的目光——当然是非常聪明的目光。

"这样看来,让-雅克·卢梭的情况非常有趣。这个人常惹人生气,这是显然的,但毕竟是个颇有影响力的大哲学家。他为他的世纪做了什么? 他甚至位于同时代思想——包括《百科全书》、狄德罗、伏尔泰、拉莫,真正的进步主义和创新思想——的中心位置,而且他在批判同时代的思想时,并没有使用当时的虔诚教徒们和反哲学者们的愚蠢论点，而是预言了当时的思想局限与不足之处。那些革命派们能够在台上各抒己见，想必都怀揣着卢梭的著作，况且正是卢梭的思想为后来的十九世纪提供了养料。这就是一个典型的被视为反动的批判，然而它沿着思想顺流而下，并将其超越。"

一阵沉默。我们听到一架飞机从城市上空飞过。

我熟练地说道："是否应该下这样的结论，那就是现代性、反动和超越之间的关系是在那个时期缔结的？"

飞机飞远了。明朗的天空中传来的飞机轰鸣总是会让我想到礼拜天。

我问自己，勇于冒险是不是总是桩好事。

源头：理论主义

我可不是那种试图指出别人的局限来让他们为难的家伙。说真的，对于格列佛，我可是满怀感激。他花时间思考，然后会将他的结论告诉我。而我呢，我的脑袋转得慢一些，没那么一惊一乍，而且我把我的美酒珍藏都拿出来与他分享了。于是，我就想继续拓展之前悬而未决的问题。第二天，我便问他，在他看来，这一切是从什么时候开始的。"如果你说的是当代的愚蠢，那就得找到一个源头，一个你回顾过往时会说：'一切从那里开始'的时刻。假如不是一个时刻,那也得是一个时期。"

是战后。他说这个问题不容易,但给出了"战后"二字。他补充道,我迫使他做了一些他没什么把握的假设,而且他也不敢在其他人面前把这些假设说出口。"去吧,没人会听你的",我朝他嚷了一句。我大发善心,忍住没提醒他,那个悬而未决的关于卢梭的假设和我毫无干系。

"可能一切是从理论阐述的滥用开始的。这种滥用现象一直顽固存在着。比如说:我的邻居是个精神分析学家,她跟我说过,在某些拉康学派中,只有男人有能力发展流行的拓扑学思想;而这对女人来说则要困难不少。这个现象十分可疑。我猜想,她说的拓扑学涉及拉康的想象、现实和象征三界。我们很容易想到,这样武断的言论会在这些圈子里大有市场。这种做派操纵着一些丰富却模糊的概念,以至于我们建立起来的是一个粗略的、假设性的言论:这是对精神施加的真正暴力。女人在这类暴力的实践中较为滞后。但她们会追上来的——这是女性解放的反面:缺点与权力同时获得——虽然目前还没有。因此,她们在那些讨论拓扑学的集会中相对沉默(如果我相信向我提供信息的精神分析专家的话)。我想知道的是,既然我们尝试描述当代愚蠢,我们是否无法在当前的高谈阔论中看到精神分析言论的主导地位所造成的衍生影响。精神分析治疗的原则、自由组合定律以及通过一种我简单概括为诗意(为了与论辩、理性相对)的语言而得到表达的无意识的运行,这一切使我们习惯于一种特别的言论形式:通过尝试、估计、模糊的类比、出人意料的比照(只不过拿身边的例子作为佐证)、个人之间的联系(并非逻辑联系)等等建立的言论。语言的运行十分有趣,是建立在精神生活的真相并非来自古典理性这一理念之上的。我做过两场精神分析,我知道不少。但是,这一思想的'解放'也会在某个时机为暴君和蠢货们服务。前者以此统治,后者随波逐流,就势图便。不管怎样,结果就是晦涩难解的言论被过于广泛地接受。要是有新莫里哀出现,想必能就此大做文章。"

我不禁想起一个不久前还十分流行的说法:某个地方。"他某个地方不舒服。""他某个地方错了。"很难量化这些流行说法的生命周期。我觉得一般是两三年,随后便陷入沉寂。要解释它们的出现也十分困难。当我非常年轻的时候,我发现流行用语常有"在……的层面上"和"以……为限度"。为何是层面和限度? 这是个谜。最近的一个流行说法是:mettre en exergue①,被错误地赋予了 mettre en relief② 之意。为何

---

① 这是法国一段时期的流行语,原意是"彰显",一般用于图书排版中,将标题等用加粗或放大字体等手段凸显出来。原本并不属于日常用语。exergue 的原意是奖章上的题铭、墓志铭等。——译注

② 这个短语的意思是"强调",是日常语境中的常用词。——译注

题铭如此光荣？这有待知晓。可以确定的是这些说法具有支架的功能，而它们能够广泛流行，是因为说话者的资源缺乏使这些说法能够垄断其文字想象力。说话者常常就像一个水中挣扎的游泳者：流行说法就是在溺水挣扎时突然被施舍的救生圈。但是，这也就意味着，他满足于说大众语言。题铭总是很漂亮，而且说话者总是气色良好，学识渊博：就在昨天，我的天呐，我还不认识这个词，但我现在还是用了，是啊，连我都用了，我说起话来和你们一样！而且又是游戏般的，充满魅力，虽然总是多少有些做作，但如此博学，如此博学。而相反地，对某个地方的朦胧却是一腔热情。另外，我们还得明白：我们花了一个世纪吸收了精神分析学的成果，但目前来看，没有人不知道背后还发生着一些事（我的天呐）。某个地方：这是什么都不说，不指明地点、源头，不冒解读的风险，却在同时装出一副深刻模样的方式。

我对格列佛说了我面对这些流行用语时的愤怒，因为这些用语将盲从刻入语言之中。这让他笑了起来。他觉得我是好样的，人又和气，没有坏心眼，颇为善良："当你被迫批判你同时代的人时，我可以想象这会让你付出多少代价，所以我笑了。"我对他说："你在某个地方是有道理的。"

另一个源头：当下主义

"我重新思考了你所说的流行语，"他一边啜饮着晴天我们常常会在苏比翁大街的现代咖啡馆的露台上喝上一杯的白葡萄酒，一边对我说，"我觉得我们可以沿着这个方向继续走，追寻更为隐秘，却同样说明问题的道路。我想的是今天。我可不会跟你说尝试思考当代，思考今天是愚蠢的。然而，这显然是我们的愚蠢的关键词之一，而且你可以大胆打赌，任何以这个词起始的句子最后都会烂尾。任何掂量今天一词的说话人不是个差劲的记者，就是个迟钝的家伙。不是吗？"

"目前……"，我用颤抖的声音冒险说道。

他微笑了一下。我很喜欢逗他笑。

"如何理解将理性思考纳入今天这一框架内的热忱？这样说就暗示着时代在改变。而我们对此是有意识的。我们并不会在昨日的思想中逗留。我的思考跟随时代的起伏, up to date I am(我紧跟时代), 我可不是个老顽固, 绝不是, 我就是我的时代, 我属于我的时代。"然后, 格列佛摇了摇头, 喃喃自语道:"这是不够的。"他沉浸在留存于记忆中的话语之中, 寻找着流行语的意思, 将其视为一种能够召唤字词的含义的媒介。今天……他寻找着, 他的思想四处打探、挽留、拒绝……"今天, 我要告诉你一个观察而来的社会学普遍真理。今天, 事物是这样的, 但它们以前却并不是, 注意了, 世界已经改变, 而我这么精明, 自然已经注意到了。"你看到了吗? 让人愤怒的是, 大部分谈论今天的人只有一个对昨天的模糊想法, 甚至都不能算是想法。聪明人倾向于强调事实之间的延续性、变异或结果。蠢人们则觉得, 世界是从他们开始的:今天。昨天和今天全然不同, 这当然是显而易见的:昨天并没有我——这是个大差别。

我是否应该承认? 格列佛的思考转到如此苦涩的方向, 这激怒了我。我不说他的思维错了, 而且他也并不滑稽。但我害怕的是这些喷薄而出的怨恨。如果我有勇气和力量的话, 我会写一篇名叫《为了让思想重新入魅》的随笔。这桩任务迫在眉睫。要给予自我用其他思维模式来思考世界的方式, 因为苦涩并非明智, 快乐也不等于天真。我不说他错了:我说的是, 他说的只是部分有道理。另外, 怎能责备他那总是警醒又慷慨的感性呢？他补充道："在今天一词中可能还有些惊慌的成分。我们也许想借助这个词，将现实视为短暂的过渡，从而减少承受现实的困难。你知道，就是为人的苦痛，承担这一痛苦遗产的责任。当我看着这些信息的时候，我至少有一半次数会不得不克制自己不要大声抽泣。我无法适应。世界的历史充满着令人无法忍受的事实，而现在并不让人更加快慰。我们不得不经历各种重大事件和各种琐碎小事，这就是生存于世，但这些大事小事却无法为我们掌握。于是，我们就说今天，就是今天——考虑到，并重视各种条件和形势——，我们因此装作相信灾难完全是新的，而昨天并非如此，而且明天也不会重演，灾难不会长久，只在今朝而已。总而言之，就只是一场意外。"

这样说来，他的身上还有些温情。因为我给我们的交谈作了总结，我强调了流行语的自恋式好处：你在说某个地方时，是只可意会不可言传，而事实上，你自己都不知道自己在说什么。同样地，说今天也有个很大的好处：你以专家自居。"好吧，"格列佛对我说，"我们也许触及到了蠢人的愚蠢了，不是吗？"

修辞的力量

　　特里尔广场在星期二被游行的大学生们占领了。他们鱼贯而行,颇有节奏地高喊各种滑稽又浮夸的口号,大概很开心能够在一起大闹一番。这些小年轻们满怀着信心,虽然常常在这个越来越糟糕的世界中无所适从,但还是期望最终能掌握影响事物发展的能力。格列佛很开心。"我不知道我是不是远离了我们讨论的主题。但听好了,几个月前,你常听到我抱怨我的亲朋好友们,我当时指责他们越来越习惯于采取反动派的政治立场。"我打断了他:"你说反动派?""是啊,我说的确实是政治反动,在要求方面的退步。许多左派的朋友在政治上采取向后走的态度。他们质疑罢工、抗议、说不的行为、对金钱的谴责。有些人甚至攻击政治本身,认为那不过是蛇鼠一窝的坏蛋流氓,而对面站着的则是那些拿不定主意、逆来顺受的纯洁派！啊！和我同时代的人真是温和啊！他们反复说舆论并不会造就人，而且当个政治反动派对一个有趣的个体来说并不是什么问题！他们只是忘记了世界观的意思，这个词指的是一个人的所有方面，包括其政治理念。"我问他，他是否就是不想谈这个在自认无法避免的事面前低头的长久诱惑。"当然了。否则的话，该怎么理解进步主义者们，并且在今天也被富豪们挂在嘴边的这一系列说法？改变、对话、自由、改革、决裂：这么多概念都在与左派对抗。上个世纪末，右派重新掌握了权力，宣称要改变。这里的改变恰恰指的是一种机械运动：在二十年的社会党执政后，右派回来了。这因此让我们相信，这个词意为革新或改善，不过是一场修辞戏法而已……而且还奏效了。我还记得那些年轻人的样子，我想那是在协和广场吧，他们以改变的名义，庆祝着一位右派总统竞选成功。显然，对这些在短暂的人生道路上还未经历过什么的人来说，这里是一位能带来改变的总统。而自那以后，看看：我们损害了《劳动法》，却说要'改革，请接受改革'，我们强行通过一项法律，还对游行示威者说'你们不想对话'。在全世界各地，公共舆论声称法国人固守成见，拒绝改变。但是，为何我们会接受这种改变呢？事实上，它仅仅意味着适应一个为了既得利益者才拼命前进的世界。这是一种在社会层面上通过退步而达成的适应。企业从未过得如此适意，而穷人们则在可见的未来日渐潦倒？改变万岁！让人迷惑的是教条的力量。右派将改革说得头头是道，这在我看来，对时代来说是非同小可的。哦，不：这种做法奏效了，说服了那些最聪明的人，以至于你最近甚至用保守派来指代右派：错。两个世纪以来，右派一直与静止或秩序的维护者划等号，但现在，我们得修改我们的词汇了，因为当今的右派与全球化跑得一样快——可以说非常快。

总而言之，我们可以由此得出一个毫不惊人的结论：当我们用流行语来说话时，我们也在用流行理念来思考。流行语并未被其使用者真正理解，而流行思想也是如此，后者阴险地进入人的大脑，让人自然而然地开始理论，正如某些精明人所希望的那样。但是，可别小看这个事实：自1789年以来，政治范式已经以前所未有的方式得到了转变。"

游行队伍过去了。广场恢复了往日的平静，城里的树木在发动机排出的有毒气体中微微颤抖着，云彩平静而无害地浮在空中，川流不息的汽车将人声压过，一如既往，全速开向未知的目的地。

警　戒

　　我很爱我的未婚妻。我疯狂地爱着她。我可不能被爱情冲昏了头脑,但很难不提到她。她非常聪明。再说,格列佛也很欣赏她。这就很能说明问题了。他们目前的交情还不深:我两个月前才认识克拉拉呢。她总是能把我难住。我在这里等她,她却跑到别的地方去,我觉得我猜到了她在想什么,可她说的却全然不是这么一回事。我试着绕圈子,却总是到不了尽头。我为她发了狂,为了与她相衬,甚至减了好几公斤体重——她实在太美了。但我不想谈这事,也就是克拉拉的魅力。她也很喜欢格列佛,她说他太阴沉了,不过很让人感兴趣。显然,我对她的感情为我们这些老小伙子们的生活带来了巨大改变。

　　她对我说,她从来没有从这个角度思考过愚蠢。她这个人对自由更感兴趣,而非对其对立面。她声称自由是一种道德卫生,要求一种她称之为长期警戒操练(Exercice de Constante Vigilance)的运动训练。她认为有必要从出生开始就实行这一长期警戒操练,要早早地培养孩子们。但她没有明确的操练方法:她还说这就是一种竖起耳朵,处于警戒状态的方式。像哨兵站岗一样?你是不是一个自由的思想,对,就是你,还是一个教条的结晶?条件反射会逐步转变为内在的性情,正如善意或乐观。然后,成年后,我们就会对自己的自由负责。负责,这是她非常执着的理念。"像哨兵站岗一样?在我看来,智力首先是所有人都能企及的优点:让精神保持警戒状态。"啊! 我这个未婚妻啊!

鼻子在脸的中间

　　向格列佛和盘托出所有类型的愚蠢，这一诱惑是很大的，因为我想看看这些类型是不是在他所划分的类别中。显然，我不得不盘算良久，为的是不要在跟他汇报的时候显得太过于……天真。比如：我在一本牙医杂志(就是牙医那里会放的杂志)上看到了一篇文章，名叫《爱情为何在到了三年时就陷入平淡》。我对这篇文章很感兴趣，因为这跟克拉拉有关，而且我的牙医让我等他十分钟。写这篇文章的女士是一位资深学者，史前生物学专家。她解释道，小男孩太过于无助，所以在他的生命之初需要母亲的长期陪伴，才能拥有生存下去的机会。那就需要有人离开，为这对母子寻找食物：这个人当然就是父亲了，他为了生理的需求，爱着母亲。三年之后，孩子几乎能够一个人独处了。于是，这对父母自然也就没有理由再结合在一起。爱情结束。这是写进基因程序的。

这位生物学家是否是个聪明的女人呢？还挺聪明的，不是吗？她的研究做得挺不错啊。那她的推论是不是大大地愚蠢呢？是的，不是吗？这一推论建立在愚蠢这一具体机制之上，旨在将一个复杂的现象贬低，还原成简单的现象，最终得出结论：这只不过如此。这种推论真是太奇妙了，就像有人说上帝将鼻子放在脸的中间是为了让人能在上面架一副眼镜。

要不要向格列佛举这个例子呢？

教学法专家与翼手龙的攻击

我寻思:我们能否怨恨与自己同时代的人,因为他们并未立即意识到,有一种思维模式刚刚全军覆没? 吕西安·娄万拜访梅斯的贵族:他们又傲慢,又看不起人——还不知道自己的统治已经结束了。这是一群对自己一无所知的幽灵。司汤达描绘了这位聪明的资产阶级青年的愤怒,他不得不咽下前一个世纪的幽灵吐出的这口恶气。

那天在火车上,我参加了四位老师之间的对话。"您呢,您相信教学法吗? ——开什么玩笑。这会毁了教学的。——青年教师们都由没文化又傲慢的教学法专家来培养。你看到他们让国民教育衰退到什么程度了吗? ——学校再也起不了作用了? 教学法专家万岁。流行歌曲配和《红与黑》相提并论? 教学法专家万岁。——把学生放在路中间,而成年人则留在路边。增加体育课的时间,并减少语法课的时间,那就是在培养郊区小混混。"对话进行着,充满了至理名言。我得知,在学校里,一种适应新的现实的方式已经导致了对学生的扼杀、对融入社会与得到晋升的机会的毁灭,我还感到这些老师们欣慰于能够达成共识——正如格列佛会说的,建立在主要价值观基础上的共识,他确信这是有好处的。此外,他们还提到了一种典型的智者的愚蠢的表现:因为认为知识的传递需要一种专门的技能,也就是教学法所发展的技能,这是一个好主意——不过,我们的用法十分愚蠢。

我在想,如果过度思考手段,而牺牲了目的,那是否可以认为这是一种当下的愚蠢形式呢? 这时,其中一位老师突然说道:"要知道,也许让反动的老教师在年轻人的心里留下点阴影倒不错。我女儿今年……"然后,她说了一个变态老师的故事。不是反动,是变态。尽管这位老师之前说了些很赞的道理,但她的反应还是过时了,她没有注意到,反动教师已经不存在了。也许某处还留着一头恐龙——在每个环境中都存在——但这个种类已经差不多消失了。我把这个小故事告诉了格列佛,他对着天空举起双臂:"当然了! 我们今天哪能找到一个真正的反动派:他们可成了现象了。我认识一个年长的布尔乔亚,她对她的孙辈们说,她家不吃谷物,只吃黄油面包片,因为她家一直这么吃,就是这样。我看着她,仿佛她是个奇珍异宝。反动派的存在就像寓言故事里的狼一样，成为许多丑恶行径的辩白：想想那些乱七八糟的东西统治着官方当代艺术（就是你说的 art contemporain officiel），在培养大师的高校机构中扩散的成吨愚蠢，和封住那些抗议伤害劳动法的人之口的企图。小心狼！我们对他们喊道。从《小红帽》开始，我们就再没见过，那就拉倒吧。总是威胁思想的愚蠢，其源头之一恰恰就在于对已经失效的危险的恐惧。由于我们不断追赶着想象中的反动派，我们便看不到适应的倡导者，后者才真正地将我们摧毁。我的天，让我们对自己说：反动派再也不构成威胁了。我们还是想想别的事，警惕新的，更真实的危险吧。"

艺术家＋审查　　　　请愿

在与克拉拉一同去戏院的路上，我看见一张海报，上面公布了一场演出被取消的信息。第二天，报纸上纷纷谈论这件事：作者去参加了一位显然有罪的塞尔维亚总统的葬礼。

"去参加葬礼可真是有趣的想法。"我对格列佛说。

"确实。但我们会质疑将一出与这一切毫无关系的戏取消这件事。是否需要为了抗议作者本人而这么做呢？或者换句话说，我们是否应当将作品与作者分开？"

"我觉得将一部作品与其仍健在的作者区分到如此地步，就等于免除其责任。同样地，他也利用了自己身为作者的权威来表达他对逝世总统的支持。当这一权威服务于一项邪恶的事业时，我们就要认真看待这一权威，并谴责它。取消这出戏的意思就是：'你真无耻。我不想跟你打交道，即使你的戏与此毫无干系,质量上乘。'"

"你说的极是。我们还可以赌一赌后续。"

"还有后续?"

"不一定,但还是有可能的。你知道,这就像一种条件反射:'艺术家加上审查就意味着思想正统人士的请愿。'即使再也无人声称实行审查(过时的风格)。然而,对一件作品的任何伤害,任何限制,出于任何动机,都会让舆论想起审查的幽灵。"

说实话,我并不是很清楚他到底想说什么。我脱口道(确实没什么底气):"好吧,但我们总不能捍卫审查吧?"

"因为你脑袋里的印象是,这三十年来,文化一直屈服于蛮横的审查之下,对吗?"

我用手捋了捋头发(右边太阳穴附近的头发——我惯用右手——有些像亨弗莱·鲍嘉①那样),我喃喃自语道:"是啊,反动派们从四面八方发出的攻击……"我有时候是有些迟钝的,但我知道怎样幽默地追上来。"是的,正如你所指出的,审查的威胁和反动派的威胁一样,在今天仍然令人不安。这是旧观念了。时常听听那些尖声抗议吧:道德审查千呼万唤

---

① 亨弗莱·鲍嘉(Humphrey Bogart, 1899—1957),好莱坞黄金年代男演员。——译注

着要求重新开始,他们就在那里,这些今天的审查者们,他们窥伺着我们,必须保持警戒。真是一派胡言。我们并不清楚在今天,到底什么样的审查会有拥趸。只是:我们的正统人士始终记得在旧制度时期,以及之后的十九世纪,当权者对自由所发起的战争。啊!狄德罗和萨德被投进监狱,波德莱尔和福楼拜被告上法庭,后世的抵抗者们嚷着,再也不能这样了!欧内斯特·皮纳尔①法官只是个吓唬人的稻草人,与我们的大作家们一样出名而已。然而,在 1857 年,他却并未完全得偿所愿。诚然,波德莱尔和他的出版商们被证实犯有伤害公共道德和风化罪,不得不付了一笔罚款,并从《恶之花》中抽出了六首诗。但这到了福楼拜那里却并未奏效。我今晚会向你展示这场诉讼的结论。真相是,出于一些非道德层面的公共原因,当权者想要制裁连载《包法利夫人》的《巴黎评论》,但由于没有胆量在选举前夜与鲁昂人民为敌,还是放弃将鲁昂人福楼拜定罪。道德审查已经触了礁。"

我们下了班之后去了他家,他向我读了这场诉讼的结论:福楼拜被无罪开释,因为受到谴责的段落十分短小,而且《包法利夫人》以文学和性格研究的角度来看,是一部深思熟虑的

①　欧内斯特·皮纳尔(Ernest Pinard),福楼拜因"败坏道德"而被告上法庭时的当值法官。——译注

严肃作品。格列佛觉得求助文学成果这一概念的做法十分有趣:"就皮纳尔而言,他的态度可是一百八十度大转弯:最后决定不对福楼拜定罪。文学这条论据在我看来,要比最近针对自我虚构的指控有理多了……"他翻弄了一下桌子上的文件,从中抽出了一篇报道。"在这场官司过程中,法庭以此驳回了针对伤害私人生活的诉状:归根结底,他的家庭成员的真实名字被被告保留了下来,这一唯一动机不足以去除这部作品的虚构特点,后者是由其美学范畴赋予所有艺术作品的特点,而且很可能源自作者本人的经历,又经过了记忆,以及文学书写的扭曲变形。"

"美学范畴,他们说的书写自动赋予文本一种虚构特征,尽管是用专有名词来指代的!这让我想起了我侄子的烦人小游戏。他说了一堆刻薄话之后,又会急急赶来坏笑着说:'我是开玩笑的。'"

"你看,"格列佛说,"我觉得关于艺术家凌驾于法律之上的这个问题会展开一场真正的辩论:最近,人们常常认为这四条法律——保护私人生活、禁止种族主义言论、诽谤和保护未成年人——不应该适用于'艺术作品',而是应该得到言论自由法律的庇荫。于是,言论自由这条法律便作废了其他法律。我觉得问题十分尖锐:谁来决定这是否是件艺术品呢? 为何作品和作者能够不受公共法律的制约呢? 如何承认这一免除对艺术家们的司法追究的特别地位呢？这是真正值得讨论的事,而各种答案在我看来,都并非出于自然。但是,正统人士并不思考,而是直接做出回应。他们是否认为这是审查？他们一直高举着请愿大旗。愚蠢,真是愚蠢。他们愚蠢地想抄近路,其实需要的是成熟的思考。"

他的办公室是一个安静的地方,摆满了书和文件。一点噪声都没有,这在大城市里实属少见。我思考了一下,然后说道:"艺术家加上审查就意味着请愿:这里描述的是一种条件反射。这难道不是愚蠢的第二机制吗？"

"为什么是第二？"

"第一机制是流行思想,我们那天已经描述过了。第二机制就该是条件反射了。"我很喜欢把我的想法排个序。

阶梯精神

我有时觉得,我的大脑运行得比别人要慢,这件事却并不影响我达到某种深度:缓慢并不是愚蠢的同义词。简而言之,隔了好一会,当我从他家下楼的时候,关于审查的对话让我想起,我在几年之前在一篇二十一世纪初的报纸上读到关于一部天才作品的热情洋溢的介绍时的讶异:威姆·德沃伊(Wim Delvoye)的《排泄腔》(Cloaca)。这是一座十二米高的"雕塑",近乎完美地复制了人体的消化系统,并产出……大便。这件作品曾在半打博物馆中展出,从安特卫普一直来到了纽约。格列佛在这件事上说得很对:多亏了这样的作品,我们才能明白,没有什么再会被审查,因为再也没有什么,无论无理还是有理(容忍和麻木的结果),有让人震惊的力量了。或者说:再没有什么会被授予抗议色情作品的权力了,只要后者是新作品。色情作品? 是的,色情。这件雕塑大刺刺地展示着对观众的蔑视,当面侮辱观众,把他们当成傻瓜,以为没有一个观众会不买账,甚至不会有人感到纯粹的生理反感。我不会说应该审查这幅作品,显然:这么做是毫无道理的,这幅作品并未违反任何法律。但是,当一个时代的聪明人都在粗俗淫秽的东西面前变得麻木,甚至展示它,称赞它,这显然荒谬地证明了,再也没有哪件作品会被审查,而在某种程度上,我们就可以因此感到庆幸,并且审查便不再是需要驱赶的恶魔了。这些过时的范式确确实实存在着问题,仿佛当代的愚蠢主要在于用旧世界的理解工具来思考,而这却是出于先锋观点的名义。条件反射与流行思想是愚蠢的机制,同样地,审查与反动也是愚蠢的稻草人,因为它们已经很久没有对我们构成威胁了。我们很清楚,弄错的方式之一在于过早地正确。我们称之为哥白尼-伽利略综合症。一种愚蠢的模式可能是在于对得太晚。反动派,审查:在那个时代,两者为许多正义的斗争提供了战场。而在今天,真是愚不可及。

得马上给格列佛打电话,了解一下他怎么说。

保护性虚构

我呢,我这人步伐虽然慢,又不太具备综合概括的能力,但胜在明确详细,甚至吹毛求疵,我绝不会让火车驶出轨道。如果我自己无法前进,那我可以当个扳道工。星期二(是的,是星期二,因为那天刮了点风),我来到苏比翁大街的现代咖啡馆避一会风,在那里遇到了格列佛的女邻居,就是那位精神分析专家。我们从一个主题聊到了另一个主题(当然包括了那天刮的风),最后聊起了随波逐流。"啊!"她对我说,"这真的是个炙手可热的问题。"

"您这么觉得吗?"我好多次听到周围人这么说:这个主题尤其与我们这个时代有关。同时,也无法要他们真正说出为何更涉及当下,而非过往的原因。大家总有个印象,那就是现在的世界比起以前,反差并没有那么鲜明……

"这是一种虚构,"她继续说道(其实,她在这个问题上有她自己的精神分析式想法),"是个体自我讲述的这些虚构之一,个体依恋这一虚构,为的是抗拒使其焦虑的欲望。"

"随波逐流是一种虚构?"

"是的。意思是这是一种被构建的话语,由主体构思,以回应其不安。在这里,话语是通过对标准的大量借用而得到构建的。"

"说得极端一些。这就导致了一些人所谓的标准控,对吗?"

"是的。这是个有趣的概念。典型的例子就是莫拉维亚(Moravia)①发明的。您还记得他的小说《随波逐流的人》吗:马切洛在孩童时期认为自己是不同的,不正常的,扭曲的人,也许还是同性恋,于是他用所有他那个时代的标准来构建自己的成年个性,具体来说,就是当时的意大利法西斯主义统治下的小资产阶级社会的标准,但在他的内心深处,他对此毫无好感。他创造了一个完全随波逐流的人的内在虚构,一种内部使用的虚构,请记住,是为了与自身冲动所勾起的自我厌恶相斗争。"

我思考了一下。这很有趣,而同时也与我所担忧的事并

---

① 阿尔贝托·莫拉维亚(Alberto Moravia, 1907—1990),意大利小说家。——译注

不吻合。我认为的随波逐流者并不是病理性的，他们就是……标准。

"但是，马切洛也代表着标准。您想想，意大利法西斯主义在那个年代是非常受欢迎的。"

"其实他的情况是很极端的，而我的朋友们并不是病态的随波逐流者，他们再平庸不过了。"

"显然，鉴于当前社会所推崇的价值观——原创性、独特性、个人主义——没有人会渴望成为随波逐流者。然而，这个模板始终存在，比如在极右派中间，或者在大资产阶级阶层中，但随波逐流由于并不契合当前的标准而变得愈发显眼。另一个绝佳的例子是你所感兴趣的，那就是西力（Zelig）。伍迪·艾伦设计了一个人物，会变成他周围的人的样子：周围是胖子，他就会变成胖子；周围是黑人，就会变成黑人；在医院里就是医生；在爵士课上就是音乐家……简而言之：西力是一条完美的变色龙。随波逐流到登峰造极。"她停顿了一下，我点了点头，等待着下文（我是个扳道工，可不是火车头）。然后，她说道："真是有趣。来到我脑海中的例子个个都曾被我的一个朋友提到，她写了一部散文集，关于僭越的感受①……"

---

① 本书作者的另一本散文集名叫《僭越的感觉》（Le sentiment d'imposture），中译本已于 2015 年由华东师范大学出版社出版。——译注

"意思是?"

"感觉自己并不符合自己应该成为的样子,无法合法地占据自己所占据的位置,虽然其他人都认为你完全有资格留在这个位置。这是一个身份问题。而我的朋友尤其提到了马切洛和西力,两大随波逐流者。她的意思是,这两个人被深深地卷入了一种强烈的僭越感受之中,深陷其中,无法摆脱,只得彻底屈服于普遍标准。我想知道这是否与您的主题有关。"

我飞速地思考着(总算加快了速度……)。这一切都十分有趣,而且我暗下决心要稍后再好好思考,但智者的愚蠢是否能从中吸取什么教训呢?"想想吧,"她对我说,"总而言之,您不会是第一个从病理状况研究中得出关于普通人的教训的人。好吧,我该回家了。但您的故事很有趣……"

我留在了桌边(大理石台面大概是奥弗涅地区产的),任由各种模糊的想法在脑海中盘旋。我在想:如果我们坚持随波逐流,那我们就能用历史上千万个例子来支持我们的思考了。永恒的向性。甚至在民主时代,及其不可避免地朝向平等化,平均主义的趋势之前,在拉布吕耶尔笔下,已经有一些关于流行的文字,正如莫里哀还描写过的一些女才子。十九世纪的资产阶级在公共领域发言;今天一边说着"这是我的选择",一边穿着相同品牌的衣服的年轻人;回忆起青春期和他的群居本能;为何会有这样的相似冲动? 到底为什么? 这很可能是从人类诞生之日就存在了；与他人一起，这我可以理解，但像他人一样？对正常的狂热？一种无法抵抗的倾向？

当我对格列佛说起此事时，他笑了起来："你想当扳道工，但对不起，你已经在旁路上迷失了。如果我们泛泛地对随波逐流感兴趣的话，那么思考其所在的各种社会的形式，以及个体心理就几乎是不可避免的。"我甚至不太确定各种社会的形式：也许只要存在群体，就会萌生成为其中之一的热情，并且这一从属关系会不断通过外在体现出来。当然，某些政治组织形式，比如民主，鼓励这一倾向。但这与其说是政治问题，不如说是人类学问题。在我看来，合理范围内的随波逐流是普通人的一大特点。

"另外，仔细想想，偏离正常的人——坚持自己的独特性，激进地反对随波逐流——也不是十分讨人喜欢：他并没有离开角斗场。"

"然而，智者的愚蠢有一种无法衡量的性质：我们自由地批判，真正地自主思考，然而，忽然之间，我们难以觉察地出现了偏差，滑入平庸的教条之中。也许过一会儿，我们会再变得聪明而自由，但此时此刻，我们只能暂时身陷污泥之中。到底是什么导致了这一偏差？常常是一个词，或是一个概念，让我们落入了陷阱。"

"你这么说很有趣：我来之前刚刚读了匈牙利作家彼得·

艾斯特哈兹（Peter Esterhazy）的一篇文章，内容是关于 1956 年的匈牙利十月事件，解释了……等等，我带着这篇文章：卡达尔用一个词奠定了独裁。独裁得到了合法地位（面对自己）和力量，后者来自于被其称为革命的简单事实：反革命。"

"这有些类似贝卢斯科尼的骗局，他将他的同盟命名为 'Casa delle Libertà'，自由之家。总是我们刚说过的这套修辞把戏：你占了一个词，拿下这个想法，要是走运的话，还能将其整个收归己有。或者你至少能把这件事搞得乱七八糟，让它再也没法用了。而随波逐流就在于不加讨论，甚至不假思索便重拾这个词。在这一切中，并不一定存在什么病理，而是一种精神的懒惰，任由自己见坡便下。"

"那么，我们是否应当填补我们对于聪明的愚蠢的思考，并将其描述为一种精神的懒惰呢？"

"我认为这十分必要和恰当。"

省略地思考

　　我女朋友克拉拉是那种永远走在街上被太阳晒到的那一边的人。这周三，我们和每个周三一样，在她教声乐的音乐学院见了面。她老远就挥了挥一本蛋壳封面的小书："你肯定想过要读这本书吧？"这本书的名字叫做《论愚蠢》，作者是罗伯特·穆齐尔。我们勾着手一起走，天空开始放晴，这让我们萌生在城里走走的欲望——我有一个特别的朋友，他可不喜欢春天，他说是因为花花草草全都盛开，这让我们无法时时感受到绿意的递进，仿佛大自然在责备我们的不小心，这不免让人心存遗憾。我的克拉拉从不会放过一个开心的机会，边走边哼着一首莫扎特的咏叹调。

　　当我们坐在广场上时，她打开了这本小书："这不是穆齐尔本人写的。作者其实是他引用的一位实验心理学的代表人物。我要给你看一句很说明问题的话：我们认为，任何人要是无法完成一项占据天时地利、唯欠人和的任务，便是蠢人。你不介意的话，我就换句话说：当一个受过教育的人处在言论自由的情况下，那么所有的条件便聚齐了，足以使其能够得出聪明的判断。要是个人条件并不具备的话，那么他就是愚蠢的。这是些什么条件呢？我这就告诉你：我觉得最重要的条件就是精神自由。你知道，我感兴趣的就是这一视角。"我向她指出，我们正进入到一片诡异地不稳定的场域：我们怎样定义这一自由，而且更让人烦恼的是，怎样得到它，除了通过她的长期警戒操练以外——"持久警戒"，她修改了一下——好吧，那就持久警戒操练，不管怎么说，要打造这些个人条件可不容易。"我很清楚。但那又能怎么办呢？我也在琢磨着你们所说的聪明的愚蠢，而且我是从我感兴趣的方面看待它的，或至少，我换了一种方式表达。听着：我们提到二战期间对犹太人的灭绝行为时，觉得这一事件不可想象。但我们也强调了许多既非施虐狂也非精神病的人的参与，他们只是普通人，在需要他们行动时，也并非受到了直接威胁。因为显然，害怕解释了许多事，但这提出的问题——与我们谈论的话题并不相关——是勇气，而非服从。于是，为了明白他们为何要参与他们自己的伦理体系都判断为有罪的行动，就必须从服从权威的角度来解释：在某些条件下，个体会展示出一种强烈的温顺驯良、奴颜婢膝甚至盲从各种命令、意识形态或团体的倾向。换句话说，有时甚至没有一种客观或即时的限制能够解释其态度，一个人会失去自己的自主性，甚至会达到成为恐怖的被动执行者或见证人的程度。相反地，我们也看到了一些抵抗者：他们很可能具备强烈的个人自主性，使他们的行为能够免受环境干扰，符合他们自己的处世原则。他们的行为忠实于自己，即自由地行动。比如义人①。"

"这很有趣，但我不知道忠实于自己这个概念是否比自由的概念更有说服力。而且，你可以赞扬一个事实，那就是我们中的一些人有能力跳出现行的社会价值观和一切对社会认可的渴望来思考，但你很难规定这一态度。"

"我同意。不过我也只是满足于描述。我没有任何解决办法。启发我的一位哲学家米歇尔·特莱斯琴科（Michel Terestchenko）求助于自我在场和自我缺席这两种理念。我知道这样更加模糊，但你不觉得这两种理念在我们身上是有回音的吗？我们根据对自我的默契程度，多少进行自由思考，即我们多少屈服于自身以外的价值观。多亏了这些概念，我明白了一些事。所以我便打造了另一种概念。关于犹太大屠杀

---

① 义人（les Justes），指的是二战时期，那些保护和隐藏犹太人，暗地里为他们提供食宿的法国百姓。——译注

的帮凶，我们也可以说他们是省略式服从，他们服从了，同时撇开、省略了他们和其他人一样所持有的价值观。我提议省略式思想这个说法。"

"看吧。智者的愚蠢也许就在于这一脆弱，使个体无法抵抗占统治地位的意识形态，并使后者在个体身上起作用，取代个体的思考。"

我的克拉拉……我们有进展吗？省略式思考这一说法表达得很好。我们是否向前进了一步？这一步又是迈向何方？难道我们仔细描述了暴风雨的机制后，它便不会出现了吗？四月继续在我们的头顶施舍着温柔，阳光让一切都平静了下来，甚至窗户上反射的光线都透着快乐的气息。克拉拉补充道，不管怎么样，最近几星期以来，我们所担忧的话题不会有任何结果，假如对一种有害的精神机制的描述能够帮助与之斗争的话，那么当涉及到随波逐流的情况时，就丝毫谈不上了。"我可以再引用一段穆齐尔的话：'聪明'的愚蠢的对手与其说是理智，不如说是精神，并且条件是不把精神视为简单的情感的总和——感性。如果只是要修正思想的话，我们还能够抱有期望。但你们说的愚蠢——我可以用你们的愚蠢吧？——扎根于存在的最深层，在欲望与恐惧的盘根交错之中，在其脆弱与迎合之中。很难解开这团乱麻。"

这周三，她也铿锵有力地说起她不希望格列佛也是那种把右派和左派、粗人和雅士、正统人士与自由派一股脑地大嘲特嘲一番的人,好像拿着愚蠢当道这个幌子,就能将任何姿态都说成徒劳无益。"还是有些闪光点的,并不是一切都值得被嘲笑。我说的闪光点是……这世界上到处都是广袤的土地,我们在那里可以温暖心灵与精神,只要我们举重若轻地、认真地对待事物。"我告诉他,关于我的朋友,她大可放心。我们又勾着手,重新出发。她再次哼起咏叹调,这次是专为我而哼的。

收归己用

　　格列佛展现出对这一遣词的浓厚兴趣。"省略式思考……我把这个词留着,会有用的",他一脸狡猾地向我宣布。当人坠入爱河时,便一厢情愿地以为整个宇宙都应该屈服于爱人的魅力之下——爱情中的人的幻觉。然而,我无法控制自己不去想,假如格列佛在我之前就遇见了克拉拉,他是否会尝试去征服她。我得承认,我不愿意让他们单独相处太久。和我在一起确实比较快乐,但他们两个却在智力方面棋逢对手。她把我们两个概括得很好。我不知道女人是否是男人的未来,但从今往后,我没法想象我的未来里没有她的存在。"你没在听我说话吗?"

　　"我在想未来。"

　　"正好。我刚才在跟你说,我昨天想到要写一本小书……"

"三分钟热度。"

"也许吧。但你大可放心,今天早晨我已经放弃这个念头了。"

"那就再好不过了。我的朋友伊冯娜说,当欲望来临时,最好三思而行,然后感觉就会好得多。"

"假如说我放弃了这个念头,那也得承认,其实是我们两个白想了那么多,根本没得到什么进展。我们在对那些随着时间烟消云散的特例的描述中原地踏步,而普遍现象却完全没有得到展现。"

"我们自己大概也有点蠢。"

"这自不必说。"他沉默了片刻,但之后又重新燃起了斗志。"你记得就在前几年,人人都只用居伊·德波(Guy Debord)①的话赌咒,并抨击他的景观社会——在哪里抨击呢?在各大媒体上!"

"那时真的气煞人。"

我拿出了克拉拉给我的那本蛋壳小书,说教式地念道:"没有一种重要思想是不会被愚蠢立即收为己用的。"

"是的。《没有个性的人》(*L'Homme sans qualités*)②。上

———————————

① 居伊·德波(Guy Debord,1931—1994),法国哲学家,情境主义创始人。——译注

② 这是穆齐尔在1943年出版的一本小说。——译注

个世纪的末十年,人们大张旗鼓地打着自己理解的德波的旗号,急得都快拿脑袋撞墙了:他们怎么敢这样?"

"这是时代的特点,我觉得,我们在谈到随波逐流时已经强调过了:体系对一开始最具敌意的理念会快速地收为己用。那天,我们提到在政治领域,'保守派'会推动改革这一理念。因此,没有一种批判不会甫一冒尖,便被社会之声吸收并反刍,而社会的组织也会被前者质疑。甚至整个进程可能加快速度,尤其在我们这个高速时代,收为己用几乎是即时的——这并不会让人更明智。"

"是的。你看,要是在十年前,我们说起聪明的愚蠢时,可能会想到那些后来才对德波阿谀奉承的人。"

"肯定的。然后呢?"

"愚蠢是一件如此波浪起伏、漂移不定的事,以至于我们很难将其固定。它拥有无尽的更新能力,给一根木柴就能星火燎原,将一切闪耀全部淹没在它燃起的火焰之中。一旦得逞,便更换对象,转移阵地——不信就把它拍下来!"

我们沉默了一会儿,然后我低声说道:"幸亏我们不想拍下来。"

"但这也很遗憾。"新的沉默。

"哦,你知道,在好好描绘了一番个例之后,我们也许最终找到了一些普遍特点。"

"也许……"他一副垂头丧气的样子。

"再来。"这回轮到我重启这架慢下来的机器了。"在德波之外,围绕着情境主义者的赶时髦现象是一种典型的翻转的翻转,一种当代行为:这个时期(最近)的聪明人重拾了对社会的彻头彻尾的批判,他们在官方媒体上表达(或至少掀起了一点波澜),而后者就是这一被情境主义者们羞辱的社会这出戏的道具和核心器官。"

"医院嘲笑慈善。"

"不是吗,亲爱的格列佛? 但你注意到我们在这里找到了另一种机制,这是我们那天在谈到审查时所描述的,不是吗?"

"明日的智力英雄主义。因此,对景观社会的批判是否与审查的威胁一样过时呢?"

"我不觉得。但这得好好想想。"我这样说道。

"或者问问克拉拉。"他的语气有些无厘头。我在他的眼睛中寻找着,想看看他是不是在挑衅我。看不出来。正如我所说,最好不要让这两个人待在一起。"有一件事她还是没说(说到底,我更喜欢这样,我更喜欢他强调她的弱点,而不是为了她而激动):随波逐流的次要好处之一——可能是首要好处——,是借力。"

"借力?"

"正如波德莱尔在说到布尔乔亚时所肯定的,'你们在数量上占据多数,在智力上处于成年状态;所以,你们就是力量'。他非常虚伪地补充道,'力量即正义',但要知道,他等着布尔乔亚们资助艺术家呢。当你站在教条那一边时,你便神奇地借用了数量的力量——有限的聪明人的数量,那些重要的人的数量。我用"神奇地"一词,是因为并不需要人群来摇旗呐喊。因为你很清楚你在随波逐流。于是,在你的思想深处,你知道你有数量的支持,这就是力量。"

当代莫里哀

　　所有这些谈话在我身上造成了意想不到的反应：由于我一直在批判和嘲讽这些词，它们变得难以忍受。当我提到时事，用今天作为一句话的起始时，当我认为一个理念反动时，我内心的一个小声音便突然说道："愚蠢！"忽然之间，说话之路便布满荆棘。这是福楼拜的《庸见词典》想煽动的：这本书从始至终都要确保没有一个词出自我的发明，而且一旦人们读过之后，他们就不敢再说起，生怕自然而然地说出一句书中的话。

　　至少我知道有一个绝对已经堕落的词（对于任何一个对荒谬有概念的人来说），就是欢乐一词。我觉得这个词刚一进入日常使用领域，便坠落了下来，正如菲利浦·穆雷（Philippe Muray）最早指出的那样。也许是我有老实的一面（因为我显然是个老实人,虽然我知道我还有更吸引人的一面,管它呢,只要克拉拉满意就好),但我到底该说什么呢?我想我是得赞扬一番当代法国最伟大的喜剧作家——菲利浦·穆雷。那些伟大的喜剧人是最少见不过的,可不是每个时代都能有这样的人。所以,一旦出现,我们可得好好赞叹一番。从莫里哀开始,我们便期待在剧院里笑话我们的同胞们。但穆雷可不是这样,他是个随笔作者。一篇随笔不可能每一页都让人放声大笑。穆雷就是这样。这是我老实的一面:长久以来,我对理解他一直有困难,我觉得他过于苦涩、尖锐,我觉得他以怨恨为乐。读懂一些之后,我明白了他的观念是绝望的,他痛苦地忍受着世界的景象。莫里哀辨别了一些人物特征,但社会剩下的地方其实充满了很赞的人。穆雷的眼中没有各种各样的特征,他问罪的是社会,甚至是世界的运行。莫里哀写了厌世者;穆雷则定义了欢人(homo festivus)①。厌世是一种特定的性格特征;而欢人则到处都有,因为这并非一种特征,而是一个过程。莫里哀还写了伪君子塔丢夫;而今天的赏金叛军②为数众多,因为

---

① 这个词是穆雷的发明。通常人们所知的是拉丁语 *homo sapiens*,意思是"智人"。穆雷参照拉丁语形式发明了 *homo festivus*,"欢人",指不加思考便爱热闹、爱扎堆、爱赶时髦、爱人云亦云的人。——译注
② 赏金叛军(les rebellographes appointés)这个词也是菲利浦·穆雷的发明之一,指的是那些为了叛逆而叛逆的人,仿佛有人付给他们薪水。——译注

68

他们就是我们的思维模式。于是，涉及的不再是人物，而是世界的宏观组织：穆雷说，这是一出巨大的小丑剧，因而当务之急是背叛这样的剧目，因为我们在其中再找不到哪个个体来拯救这出戏，再也没有权宜之计；在穆雷看来，世界由相同的惊跳（"巴努奇之叛乱者①"）引起的骚动人群所组成，而只有笑才能帮助我们穿过随处可见的滑稽场面，同时维持一些自由地带。他希望出现一个"现代喜剧家"：他的作品所彰显的是艺术灵感。

格列佛在智力层面上的不安使他能够去芜存菁，他详细剖析，成了聪明的愚蠢的专家，而穆雷则开启了全景视野，辨别出一种正在破坏全球免疫体系的流行病。我可能无法与穆雷成为朋友，但他让我笑，有时甚至让我放声大笑。我觉得他与托马斯·伯恩哈特（Thomas Bernhard）有些相似，我觉得他们两个有相同的挖苦人的气质，和同样的嘲讽式微笑。我刚读了《待砍的树》（*Des arbres à abattre*），因为这个"关于恼怒"的故事

---

① 巴努奇的叛乱者（les mutins de Panurge）也是穆雷发明的词。巴努奇是拉伯雷笔下的人物，与他相关的典故是"巴努奇的羊"（les moutons de Panurge），说的是巴努奇的羊一只接着一只往悬崖走去，即使前一只掉下悬崖，后一只也不会驻足，而是会继续跟随前一只的脚步，坠下悬崖。这则典故讽刺的是那些不假思索便随波逐流的人。穆雷将"羊"一词换成了"叛乱者"，嘲讽了那些以叛逆为时尚、从不思考为什么的人。另外，这两个词在法语中的发音十分接近（mouton, mutin），加强了讽刺意味。——译注

在我看来,似乎将八十年代维也纳聪明的蠢人们搬上了舞台。叙述者坐在他的扶手椅上,听着艺术晚餐上的宾客们聊天。他问自己怎么会如此没骨气,接受了他痛恨三十年而且早就置之不理的人的邀请。他描述着这个自命不凡的假艺术家们组成的圈子。这里要插一句,这也许就是诅咒者态度的坏处(是的,就是这个词):被困在普遍的咒骂中,却唯独希望自己成为圣人——显然是荒唐的姿态——,他不得不承认自己(或者想象自己)也与其他人一样可鄙——虽然他不会如此可鄙:是他的言辞将他置于这一境地。

饶过布瓦尔和佩居谢吧

昨天,克拉拉提醒我说,并不存在那么多关于愚蠢的书籍,然而我们到处都听到"你真蠢"这样的指责,或者是"他太蠢了!"这样的抱怨。"当然了,"我回答道,"你点出了极个别就这一主题进行过讨论的作者所强调的问题:其实,大家都在就这一点讨论、思考、为之悲叹,却很少有人直面这一问题,愚蠢始终是一个无法捉摸的概念,甚至大家只是触及到了一个表面,就像我们两个一样,只对聪明人的随波逐流感兴趣。"

"好吧,恰恰如此:多亏了你,如果可以这样说的话,我开始重读《布瓦尔与佩居谢》。这两个是否真的是愚蠢的人?不一定。除非把他们耐心的摧毁工作视为蠢事。"

"摧毁?我不明白你想说什么。"

"不会啊。你想想,比如他们在诺曼底的房子里安顿下来

71

的时候,曾经试图做些农事。可以说这正好就是一个反鲁滨逊的例子。遇难水手找到了一个荒无人烟、物产贫瘠的岛屿。他的劳作与智慧使这片处女地肥沃了起来,在上面搭建遮风避雨之所,储备粮食。组织、耕地、准备、建设。阅读这本小说的一大快乐是被这一加速的创造性举动和这一光荣的人类开化者的视野所激起的。布瓦尔与佩居谢则相反,他们找到了一处漂亮的住所、一片农场和肥沃的土地。他们劳作却未曾收获任何东西。每一次种植都是一场失败,一切尝试都不过是灾难——甚至更糟糕:他们没有让土地繁荣,反而大肆破坏了一番。当鲁滨逊将荒岛变成了人类宜居的沃土,布瓦尔与佩居谢却最终放弃了耕种,转向装饰花园,将其设计成伊甸园的反义词,散发着恶趣味和病态的气息,让他们的邻居们都敬而远之。与鲁滨逊相反,也与十八世纪相反,这部小说呈现了有关知识的新困难:启蒙运动曾用一本独一无二的《百科全书》将其概括,而布瓦尔与佩居谢则像疯狂的苍蝇那样在快速增长的知识中到处乱转,不知何处落脚,东张西望,最终无功而返,没能搭建出一个世界的图景来。在这个意义上,他们所代表的就是这一特定的困难,因此他们绝对是活在1881年的人。你怎么说:他们蠢吗?”

“也许是因为他们天真的愿望,胃口太大?”

“但其实,他们并不比他们的时代更过分,也不比被淹没在故纸堆里的福楼拜本人更过分，要知道后者为了写《萨朗波》翻阅了大量关于迦太基的资料。他们的愚蠢是属于他们那个时代的，我不认为他们这些个体需要为此负责。"

"要知道，在追寻随波逐流的根源时，我们恰恰对时代的愚蠢产生了兴趣，而非是个体的愚蠢。"

我们相互亲了一会儿——即使在我全神贯注地听她说话的时候，我还是忍不住要去亲吻她，我爱她的气息、她的嘴、她的温柔与坚定；当我们接吻的时候，整个宇宙都汇聚在我们的吻中。这个吻宽广如天空，虽然其实只是拥抱在一起的两副身体之间的狭小空间。我总是认为聪明是一种催情剂。看：问问格列佛他是怎么想的。克拉拉又跟我聊了那出彼得·汉德克(Peter Handke)[①]被撤下的剧目。她最后指出，这件事引起了一场十分中肯的讨论，并没有像我们之前担忧的那样过于辛辣尖锐。除了无法避免的反审查请愿之外，不少人公开对作家的责任进行了思考，而这就是她从中得出的最为积极的一点："你知道，我对这个问题很感兴趣。在汉德克这一事件中，人们觉得去参加独裁者的葬礼就是在象征的天平上加上他身为作者的分量，他的权威。汉德克很难在这样做的同

---

① 彼得·汉德克(Peter Handke, 1942—)，奥地利剧作家。因于2006年参加前塞尔维亚和前南斯拉夫联盟共和国总统米洛舍维奇的葬礼而备受西方媒体攻击。——译注

73

时,说'我毫不知情'——人们完全有权力对一些复杂的问题一无所知,但在这种情况下,人们通常会保持沉默和谨慎,不会以自己的在场作为担保,而是将话语权让给那些知情人士。鉴于作家在今日的地位和他的影响力,他们中的每一位在表达自己的观点时,都负有责任。另外,每一个人都负有责任。人从出生起,就要对目前的状况、说的话、或许会改变的事和身为自我,通过言行在世界面前所承载的人类形象负责。作家们尤其负有责任,因为大众普遍认为他们更能代表人类。因此,他们更无法在暴君的葬礼上说出'我毫不知情'这样的话。"

我沿着她的思路滔滔不绝。但由于聪明过于性感,我们接下来所做的事就不便详述了。反正最后我们的衣服都皱巴巴的。

我在睡前又想到了福楼拜。出于各种各样的原因,我对一个想法感到尴尬,那就是他的两位热情洋溢的抄写者与我们,和我们想抓住当代特点的积极劲儿不是真的毫无关系。至于福楼拜是否把他们两个设计为蠢人,或者是聪明的蠢人……那就得深入了解1880年的社会了。其次,既然他们的职业是抄写者,他们是否注定会在思想中迷失?

说蠢话

"啊呀,你的女朋友真是个鬼灵精。我觉得她关于汉德克的话十分恰当,可谓高屋建瓴。"

"难道不是吗?我一边反复思考着、推论着,一边问自己,既然愚蠢的形式之一在于不知便开口,那是否在大部分复杂问题上保持沉默更为明智呢?"

"噢!你这样就又接受了愚蠢,这可是实打实的愚昧。当我们尝试的时候,我们会不得不说些蠢话。没有人能够掌握所有知识(确实!我想到布瓦尔和佩居谢,还有克拉拉,就激动了起来),尽管如此,每个人从呱呱坠地开始,便被鼓励着去思考、想象、提出假设——简而言之,就是行使人的能力——,我们显然是在流沙中前进,冒着搞错、修正自己的思想、发生180度大转弯的风险。但我们还是应当继续,否则就无法身为人。情愿说蠢话，也不能像动物一样保持沉默。"

我立即从口袋里掏出那本蛋壳封面的小书：穆齐尔的几句话与他颇有异曲同工之妙。我们每个人都会时不时地愚蠢；时不时地，我们还不得不盲目地，或者半盲地行动，否则世界就要停摆了；如果有人从愚蠢的众多危险中得出这一规则："每次缺乏信息的时候，避免评判和了断"，那我们就会原地踏步。

格列佛立即补充道："从这个意义上说，说蠢话还是有些高贵的，因为这是一种甘冒风险的高贵。另外，即使我同意克拉拉提到的从十八世纪末开始的知识大爆炸，以及因此造成的综合概括的困难，我还是认为，这个问题与思考这件事一样历史久远。"

"解释一下"，我说道。

我觉得我最好留一杯白葡萄酒，因为酒可以愉悦精神，使他的思维暂时敏锐一些。

"人类的天性会渴望，并想要为了满足渴望而行动。所以我们才应该懂得如何行动。为此必须拥有关于事物与生物的知识，了解它们的性质和运行，还要有些想象力，从而能够预见行动的结果。但行动前必要的大量知识是否可能被掌握？当然不行了。我们对这个世界的认识只可能是不完整的，只可能是些错误的、片面的概念。总而言之，我们常常，或许甚至是大部分时间,都是愚蠢的——在某种意义上。然而,我们无法不去行动,因为是欲望让我们成为人。因此,我们就愚蠢地行动,无法掌握所有现实的数据,同样地,为了在思想中前进,我们常常说蠢话,正如你刚才所指出的那样。"

我很喜欢格列佛的这种突然加速的方式,他一口气便把话讲完,冒着在我面前说蠢话的风险,而我把这当作无可争议的友谊信号。第二天,我把这跟他说了,还带了一些文章(从我们开始这场跌宕有姿①的对话开始,我就变得对笔记偏执了起来,我有一本克拉枫丹牌的笔记本,我在上面记下了我的阅读笔记和我的思考),我带了一些文章,其中对愚蠢的一个惊人现象详加分析了一番:个别提到这一主题的作者似乎只有一个思量,就是将蠢人打入沉默的冷宫。就像《庸见词典》中已经列举过的那样,福楼拜希望使任何流行语都变得可疑(一旦读了他的文字,就不敢再说这些词了),从而封住读者的嘴;也如雷昂·布鲁瓦(Léon Bloy)在他的《公共场所评注》(*Exégèse des lieux communs*)中宣称的:这到底是在做什么,如果不是将开口的权利从这个世纪的白痴们,可怕的、实打实的笨蛋们手中夺走(……)。以前遗留的短语库,(对于布尔乔亚

---

① 原文用的说法是 à sauts et à gambades,这一短语系法国十六世纪的哲学家蒙田在他的《随笔集》中所创。马振骋将其译为"跌宕有姿"。——译注

来说)是足够了,但现在却极为贫瘠,不会超过几百个。啊!如果老天保佑,我们能从他们手里抢下这份菲薄的宝藏,那么天堂般的沉寂便会立即降临在我们这片松了一口气的大地上!愚蠢首先是言语上的,而深受其苦之人的痛苦来自于要听到愚蠢。格列佛对我说:"我很同意你。我想了好一阵子如何描述这个想法,那就是愚蠢让我们不幸,因为它是对抗精神的暴力。我们已经谈过这点,但你要想想你面临傻瓜的话时的场景:你心中开始升起一股怒火,这绝不会让你发笑,而是让你感到痛苦,想想这是为什么……"我在这里打断了他,因为我在笔记本上还摘录了一句话:"喏,听着,蒙田恰恰是这么说的:毕竟,我们遇见身体畸形的人不激动,为什么遇见精神障碍的人就不能忍受,要大光其火呢?[①]"

"没错!另外,愚蠢的影响非常神秘。为何精神障碍的人总是让人无法无动于衷呢?为何这一扰乱会激怒人?很有趣,不是吗?就好像思考——概括地或偏狭地——是一个主要错误。"

"帕斯卡尔对这个提问给出了一个答案。"我在密密麻麻的笔记上翻过了一页。"为什么跛脚不会激怒我们,而精神的

---

① 这段文字摘自马振骋翻译的蒙田《随笔集》第三卷第八章"论交谈艺术"(De l'art de conferer)。——译注

跛脚却会？因为跛子承认我们在直走,而精神上的跛子却说我们是跛脚。要不是这样的话,我们会感到同情,而非生气。"

"正是如此。愚蠢总是在批判我们。愚蠢自以为总是正确,却从不会想到自己也会犯错:只要想想那些随波逐流者对指责的狂热就够了……需要看到在其他文化中,是否存在不那么负面的傻瓜形象。当然了,这不能与白痴混淆,因为后者是圣贤或诗歌中的形象。"

白痴。我不知道他是否是故意在向我介绍一个全新的想法,仿佛他朝我扔了根骨头,让我能够嚼到下次讨论。他在大部分时间里,都会突然起身,一边说道:"我该去工作了",要是杯子里还有酒的话,他会大口喝完,然后离开。这个想法就像一块软塌塌的焦糖一样,在我的嘴里翻来覆去,也许这样要维持到下一次讨论,也许会最终融化,难觅踪迹。

全新的园艺种类

即将到来的派对应该会让克拉拉开心。但是与格列佛心灵相通也让这个派对显得格外有趣。我们舒舒服服地坐了下来,在一张大矮桌周围喝着香槟,周围云鬓环绕,莺声燕语,还有优雅至极的男士们相伴(这样不经意的优雅多亏了价格昂贵的衣服),在场的宾客很赞[①],真的很赞,他们高声谈笑,来去匆匆,处变不惊,开放,内行,消息灵通:正如我们就是这样,当我们读一些很赞的报刊时。而后者很赞地为我们解读了世界(在其他时代,人们将此视为带有意识形态的解读,而这个

[①] 原作者用了法文 sympathique 一词,在汉语中并无对应的书面用语,当下流行的口头语"赞"比较贴合原意。这个词原本是一个褒义词,但后来常被波波族、知识分子等紧跟潮流、追求政治正确的阶层收归己用,用来表达他们反抗过于严苛的道德束缚,极力追求放纵,与所有人"为善",不在原则和道德层面提出任何要求的态度。——译注

词并不仅指在政治利益中的一个阵营,而是对整个世界的解读)。他们有自由的,或者是创造性的,或交流性质的职业,而格列佛困惑的双眼中,忽闪着一种狂喜:能在这里降落是多么走运,而这只是凭着纯粹的社交偶然而已。因为他和我一样,都预见了许多我们未来还能查缺补漏的事(这是我们思考的妙处——如果我能说得那么堂而皇之的话——,我们成了在城里吃晚饭的时髦人,什么事都逃不过我们的眼睛)。

所以他们确实很赞,曾参观过最新的展览,看过最新的电影,他们有孩子,有时还是年纪很小的孩子,和菲律宾女佣——他们费尽心机,好不容易才成功为她们申请到居住证,他们自己并没有任何住房问题——这是他们社会从属关系的无可争议的符号:穷人、没那么穷的人、众多艺术家和知识分子逐步被房产政策赶出了城市(不如说是被房产放任政策赶出去的),而这些人却拥有足够的财力在这里生活。(插一句,我很想知道当那些搞艺术和思想的人被赶出城市之后,这座文化之都会变成怎样的冰窟。)简而言之,一种简单的、潇洒的、有节制的,可能相当……很赞的无名氛围正笼罩一切。但其实不只是这样。

他们对政客(几乎是从他们的孩童时期起),对权力的渴求(令人作呕),那些低级的手段(各种各样的暗箱操作)极为失望。当人们从政时,人们肯定不是很清楚(往上爬是肮脏的);他们很喜欢演员,还痴迷奇幻电影世界中发生的各种趣闻轶事(表演症倒不恶心),从事艺术的人肯定是让人艳羡的(攀上云端,走上戛纳电影节的红地毯:童年梦想);他们对电视,包括各种节目、连续剧、主持人、新闻主播了如指掌("想想吧,除了孩子和工作,根本没有时间阅读,而电视则更适合我目前的节奏。你知道,有不少拍得很精彩的电视连续剧呢");然而他们还是读过维尔贝戈,读过安贝克①,他们觉得这两位的作品也十分精彩(他们没有真正解释为何,只是因为:这两位讨论的是今天);他们谈着游戏般的、充满魅力的今天,而且完全反对 35 小时工作制(他们也不说为什么,仿佛这是一个暗号,使他们串通了起来);他们很喜欢摄影。

我们步行着回去(四月的天总是那么宜人):"是这样吗?"

"呃……我是这么想的。"

"是他们?"

"似乎所有成分都集齐了呢?"

"列一张完全的清单会很有趣的:他们的品味、他们的选择、他们的成见、他们活动的场所、他们的习惯……"

---

① 维尔贝戈和安贝克这两个名字出自作者的杜撰,仍然是维尔贝克和安戈这两个作者的名字的拆解重组。——译注

"所以他们是存在的？他们可不像是那种布尔乔亚,在雷昂·布鲁瓦笔下,后者也只不过是个抽象存在体而已……"

"他用这指代的是一种精神状态,而非一种社会类别:他们是真正的波波一族,有血有肉的,与布尔乔亚相反,我们平时遇得到他们的。"

"甚至会和他们一起晚餐。这证明无论从何角度,他们就活在我们的身边。"

"别太夸张了。我们是出于好奇才会想到这个地步的。这你得承认。"

"出于人种学企图。"

"他们受了二十世纪几个伟大而美丽的理念的影响,与老派的反动布尔乔亚正相反。他们有他们的自由派的、不经意的一面……"

"呃……照我看,他们特别地适应了环境。他们是六十年代的绝对自由主义在富豪阶层的嫁接:在大城市的气候中欣欣向荣。"

"这么说的话,他们向我们提供了关于聪明的愚蠢的信息?"

对话转向了混乱,我很高兴格列佛这个大夜猫子认识这个街区在半夜还营业的咖啡馆。我在第二天向克拉拉总结的时候,发现这场讨论涉及一些边界的问题。那些人可以被视为波波族,因为他们有钱。但教养好又富有的人并不都是波波族。同样地,我们还有贫穷的知识分子朋友并不是波波族,但也有随波逐流的倾向。因此,波波族只是组成了一个愚蠢的聪明人的小群体而已。为何是"聪明人"？克拉拉问我。确定吗？"要知道,他们对广义上的文化的偏好使我们能够将他们归入这个定义模糊的团体——同时承认从某些方面来看,他们会接近于蠢货群体。波波族的好处在于他们的边界位置,即在坦白的愚蠢与真实的随波逐流之间。最近以来,我多少次在看到报纸上写着"虚弱无能还是随波逐流？"这样的话时问自己这个问题。因为人们到达一定阶段,就会迅速从聪明的愚蠢变成纯粹的愚蠢。"我告诉克拉拉,几天之前,我在一份很赞的报纸(读者包括波波族们:这份报纸不是专为他们创办的,但却是他们唯一读的报纸)上的文化副刊上读到一篇文章,谈的是适用于飞机上放映的电影的审查。"你想想,过于暴力或色情的镜头被剪掉了(因为旅行中的小孩子会看到,或者说,人们在飞行途中这样的非正常条件下可能会出现情绪异常激动的情况)。这位记者没有直接指责这一做法:他只是把这描述为审查。他觉得他的读者们对这个问题应该也不会得出更明确的结论。电影＋内容的选择＝审查——这就是先入为主地思考。也就是因循守旧。在这一点上,这难道不是纯粹而简单的愚蠢吗？"

"我明白,我明白。这是个真正的问题。在机械的 X + Y = Z 的思考中,愚蠢是由于人们不考虑条件和差异,简而言之:状况的复杂性。这也许是福楼拜想要说的话,他认为愚蠢就在于总结。我们还是回到你的波波族和你的白痴的话题上吧。"

"真是有趣的一对概念!"

"这很能说明问题。说起前者,我同意他们是过度世故了。他们完美地符合时代对他们规定的标准,一如既往,仿佛上了一层文化的油漆,而从最近来看,他们是披了一件绝对自由主义的外衣。白痴们难道不是正相反吗? 他们与社会格格不入,苟且偷生,不明白社会的阶层分工,对光怪陆离的事物感兴趣——毫不适应。但他们有时是自由的,时不时会灵光乍现,独树一格。"

"你想告诉我,白痴恰恰不愚蠢吗?"

"我觉得他们甚至站在愚蠢的对立面:idiotès 的意思是简单的、特别的、独一无二的——正是随波逐流者的反义词。他们会打碎明朝的花瓶,正如陀思妥耶夫斯基笔下的米什金公爵,这完全是流水线产品的反面。要是用碗碟来比喻的话,他们就像是那些把脚放在盘子上,不认识吃鱼的叉子,不懂得各种习俗惯例,没看过最近的展览,也没有读过最新出版的书籍的人。总而言之:他们是没有共享文化的人。"

"共享文化?"

"你知道:幸亏我们不必读过所有的书——不管怎样,我们都不可能做得到。但为了出众,就需要知道哪些书要读,哪些书在世界各地都有人在读。至于人们是否真的读过,那是无关紧要的:必须知道这些书就在上流社会的书单里,然后在人们提起它们的时候点头作赞同状。而白痴呢,他们读别的书。"

要是我在我更年轻些的时候,我会以为她说的是我。但我现在变谦虚了。我可不是白痴。

论才智

多亏了我的笔记本,我的阶梯精神和我想把我们的对话汇报给克拉拉听的欲望(或者是将我和克拉拉的对话告诉格列佛听),我意识到了明日思想有多丰富。这一思想有展开、重塑的功能,能够使对话取得进展或转向:从这件事开始,我真正思考的全部内容都是在第二天完成的。只有到了第二天才能豁然开朗或者归纳总结。也许这就是我比较迟钝的证据——或者说是在双重放松之下的高效。

然而克拉拉则给我一种她的大脑始终处于活跃高产状态的印象。对她来说,归纳总结是唾手可得的。而且,当她以"我重新思考了我们的对话"开始时,我就会自在地笑出声来,仿佛即将面对她的一次智力巅峰,而且这是因为我知道她这就要提出一个新想法了。(而且我倒不是因为太爱她才会这样。我觉得我是很客观的。）"我继续琢磨着相近或相反的说法。人们会犹豫是否要将聪明放在愚蠢的对面,毕竟大家也不太清楚到底什么是聪明,不是吗？但如果我们用才智个词呢？这个词难道不是更合适的吗？因为我们会祈求得到心灵手巧、技艺精湛或对数字敏感这样的聪明,但相反地,当我们说起某个人的时候,就会形容他很有才智。不会补充其他内容。我们有时会发现,聪明中会有些机械的东西,甚至是一些常规。我们甚至会说动物也是聪明的。而才智就像电流,一触即发,是一种确保即时辨别的能力。新想法可以被即兴说出,而思想必须时刻准备着,才能抓住它,噢！预先思考无法留住它,它必须等到失了控,才能紧急抓住新鲜对象。时刻警惕着！这是一个关于才智的问题。"克拉拉说起话来手舞足蹈的。当她说"噢！"的时候,她把手往上挥了挥。当她说"就像电流"时,她的手指就会在空气中曲折穿梭。"我们甚至可以说,是才智让聪明能够保持清醒,保证后者的开放性。"

"好吧,克拉拉:但没有不聪明的才智啊,否则才智就会变成浮夸、做作和卖弄。我认识许多才智卓越,却又十分空洞的人。智力能够形塑敏捷的才思所抓住的东西。"

"总而言之,我想知道,我将才智放在聪明的愚蠢面前这一想法到底让我们进展了多少……"

"当然进展了,当然,当然。另外,这也是你的警戒主题的延展。我很喜欢这种活动一闪一闪的画面;事实上,怎能不感到随波逐流首先是一种重力的影响呢? 我有时候对自己说,聪明的愚蠢的机制之一可以被形容为挡在滚珠路上的止推轴承。一切都进行得很顺利,各种想法一个接着一个地出现,顺理成章(但也许毫无才智),突然,啪! 思想撞到了时间的空气,被绊了一跤。比如说,重读一下罗兰·巴特吧:他优雅而颇有建树的思想常常会夹杂着他的时代流行的大蠢话。"

"类似于法西斯主义存在于语言中这样的?"

"只是打个比方……"

"急需智力来形塑敏捷的才思所抓住的东西,你这句话说得很漂亮,这让我想起了我最近重读的普鲁斯特的《驳圣伯夫》中的引言……"

"啊不! 别是你啊!"

"什么意思? 别是你?"

"你想说的难道不是'我最近读过的'吗?"

"你怀疑我在卖弄吗?"

这证明了我有时候是个真正的蠢货。我的克拉拉不是个爱卖弄的人,不管怎么说,至少不是个骗子。如果她说重读,那就是重读。但这个毛病在巴黎会传染,所以最后到处都会看到这样的做作……我尽可能地向她道了歉,像我的小侄子一样说:"不是的,我开玩笑呢。"她可真是好姑娘,这就爽快揭过了这一节。

"在引言中,普鲁斯特强调了除了智力以外的其他原则对于作品的创作的贡献之大,只有智力是永远无法解释文学创造的。他将直觉置于创作过程的中心位置,但又补充说——等等,我把这段话记下来了……在这里:智力的次等性也得靠智力来奠定。因为,如果说智力配不上至高王冠的话,那么唯有智力才能颁发这顶王冠。如果说智力在美德的等级中只占据第二等位置,那也只有它才能宣布,直觉应当占据第一等。"

"总而言之,这是赞扬智力拥有高等辨别和评估能力。同样地,我们说,智力形塑敏捷的才思所抓住的东西,它让我们明白直觉所创造的东西和创造的过程。你现在开始做摘抄了吗,克拉拉?"

"是啊。从你们提出这个激动人心的问题开始,我就一直想着它。你知道,当人不断想着什么事的时候,慷慨的世界便会每天来滋养人的思考。另外,我也是为了你们才做摘抄的。"

"为了格列佛?"

"为了你们两个。"

我发出了一声窒息般的"啊!",这招来一道奇怪……而又谨慎的目光。我承认,常常会发生智力与心理起冲突的情况,而总是心理——情感的总和——得到胜利。当自己的克拉拉可能会被抢走的恐惧淹没自己的时候,情感最细腻的人成了真正的傻瓜。才智,远见,统统不见,回归到本来的老实样子。

政治正确

那天晚上,我做了个可怕的梦,一个噩梦。格列佛对着我昨晚邀请的客人们大发脾气,甚至大放厥词(我不记得他骂了哪些话了,只记得像烧红的烙铁扎在脆弱的皮肤上一样刺人)。梦里只有吞没一切的深深恨意,而噩梦恰恰就是这烧灼感和纠缠不休的恨意的化身。在我夜晚所受的痛苦中,我认出了我性格中的一个关键特点:我讨厌冲突,总是偏向磨平棱角,缓和与方便一切。如果说我任由这一倾向继续发展,那是因为我常常考虑到贝克特的《初恋》(Premier amour)中叙述者的评语:"人们的错误在于把话头对准别人",而且也是因为我满足于看到蠢事就笑笑,然后将它摆平。但因为我和克拉拉一样,确信在目前看来,我们是对自己所宣布和所做的事负责的,我不能总是把话让别人说了去。我的道德和心理之间存在着令人痛苦的矛盾……

昨天晚上,我组织了一次精致的晚餐,邀请了一些人来参加——甲鱼汤和烤鹌鹑,三瓶伏旧园葡萄酒,杏仁瓦脆薄片和姜味水果酱。在一年的这个时候,也就是早春,晚餐总是更为频繁,人们很想出门,享受久违的晚风温柔,而上流社会生活正进行得如火如荼。克拉拉去外省了,她要在那里指导一周的 master class(大师班)。真可惜。有一位客人刚刚参加了一场为了使非法移民合法化的游行。格列佛和我已经被问过相关问题了:我们两个都是移民后裔,我们都很关心这些问题,而且也都心系这个国家,毕竟我们意外地获得了它的文化和价值观:"想想看,要是我的爷爷奶奶选择去别的什么地方定居的话!"我们有时会这样说道。

讨论很快就变得尖锐起来。格列佛在同意大方向的同时,却不怎么受得了我的这位客人的那副志得意满、义正辞严的腔调。他问这位客人,是否应当让所有没有证件的人合法化。是的,没有一丝犹豫。应当无差别接待所有想要前来的移民吗? 不至于到这个地步……客人嘟囔着说。与其一年一次在一场充满着美好情感的游行中安慰自己的良心,难道不是应该采取积极态度来帮助南方国家吗? 难道不更应该为了让学校重新成为像往日那样的融入的场所和手段而斗争吗?难道人们希望只是出于经济原因而来到这个国家的移民组成对法国文化无动于衷、仅仅满足于与法国人共存的庞大群体吗？格列佛非常看重公民国家,他心系一项法国政治传统,而正是这项传统造就了《人权宣言》、普适价值观、共和国。一代又一代的人曾为之斗争,而且绝不轻言放弃。但我们的客人并不要求这么多。"你知道人们会去非法移民的娃们就读的学校找他们吗？这是由部长组织的一场真正的儿童驱逐活动。"听到这里,我同意我的客人真的非常笨拙,连我的伏旧园葡萄酒都圆滑不了。驱逐儿童这个话题和使用娃这个颇有情感色彩的词的狡猾用意一下子让谈话的调子升高了。唉,格列佛指出,人们一从提到孩子开始,一切思考都瘫痪了,不能碰孩子,政治,讲道理,一切都要在这些小皇帝们的愤怒前停止,为的是鼓励美好的情感流淌。那为什么这些孩子能够就读呢？给他们入学资格难道不意味着在现实情况面前妥协,放弃一切关于权利的想法吗？格列佛愤怒地咆哮着,应该还有其他我们更愿意听到的捍卫合法化这一想法的方式,甚至是能让人开心的方式,但不是用这个煽动性的论据。

真激烈。我又发现了格列佛总是落入的陷阱:其实,他非常关心非法移民事件和移民的融入问题,而我常常听到他为了郊区儿童的命运声嘶力竭——"这些被遗弃的城中村里只剩下绝望,这片土地上受诅咒的人是他们,无产可继的人是他们,他们让人无法忍受,但穷人总是不怎么样的,不是吗,他们的行为不怎么好,不是我们喜欢的那样"——,但他现在却扮演着反派。这是一个典型状况:没有深层次的讨论,只是对着格列佛倾吐些美好情感,而与格列佛形成对比的是我的客人,他带着一副老"反动派"的表情,他们之间的猜疑使论点无法得到交流——如果我的客人真的握有什么论点的话,这可不一定。幸亏在交火之前,烤鹌鹑已经被吃完了,而且也得到了交口称赞。我犹豫着是不是要上生姜。

但格列佛并没有被完全孤立(我还是选择站在我的客人们那一边),因为有一个小声音从桌子的一头升了起来,嘟囔着关于政治正确的内容,这让格列佛一下平静了下来。(在我做的几个噩梦里,他对着整桌子人大发雷霆,然后起身对那位帮助他的人说:"你和他们半斤八两!"真凶啊。)政治正确这个非常流行的说法含糊地描绘了时代的深层不安,这让我有机会将我的姜味酱拿出来,不至于浪费:我们对于非法移民这个问题不再深入,因为刚刚达成了共识,和平回到了餐桌上。

格列佛从不说政治正确。然而,这个说法并不是与聪明的愚蠢毫无关系的。这大致指的是前几代人所谓的道德主义,即对主流道德的简单粗暴、不假思索的应用。但也没法再精确了。另外,政治正确常常单独出现,没有动词和主语——某个人振臂一呼:"啊……政治正确",然而大家就大概知道他想说什么了,这可是说话者争夺的救生圈。但必须承认,这个说法部分代表着它似乎揭露的内容:因为借助流行语来描述一种公认的才智,这在某种意义上,难道不是堕入了我们所指出的错误中了吗?同样地,政治正确地思考也是一种逃避道德和政治思考的方式,使用流行语总是一种逃避思考的方式。这就是为何格列佛和我避免使用这个短语的原因。

克拉拉从她的大师班回来之后向我指出,如果我们继续朝我们已经勾勒出的方向思考的话,我们会问自己,这个说法在当代人听来如此有魅力的原因难道不是来自于正确这个词所蕴含的暗示吗?在颠覆一切的时代,谴责正确倒是使不正确得到了重视——精彩!

深夜漫游

那周四的深夜。周四？是的,我记得,当时正下着雨,那确实是周四。我们在一家咖啡馆的屋檐下避雨,之前还刚决定用一瓶夏布利为那天晚上画上圆满句号呢。这时,我们听到一阵悠扬的音乐声,那是美妙的爵士乐,若隐若现,对我们那丧气的状态何尝不是一种慰藉。我们重新开始谈话,但我不知道我们两个中的哪一个说出了下面的话。

"我们可以停在这里吗?"

"停什么?"

"我们关于聪明的愚蠢的讨论。我们已经没有新想法了,不是吗?我们可以就普遍的愚蠢写一本圣经,但我们的主题就更加受限了。"

"我不会用受限这个词。不过我们常常担心缺乏主题,这倒是真的。换句话说,这回到了你之前提的问题:真正的笨蛋或是聪明的蠢货? 在关于当代官方艺术的说辞中,这是很惊人的:我们总是有一种《可笑的女才子》时时上演的感觉。然而,直截了当地说,由于艺术隶属智力领域,因此我们提到它时,就是在我们讨论的主题范围。同时,由于我们亲耳所闻的内容过于荒诞,因此我们也会觉得自己偏离了主题——即陷入纯粹的愚蠢中——,况且我们还十分感兴趣。"

"我们的地盘可真狭小……"

"就像那天在报纸上登的艺术家让-皮埃尔·雷诺(Jean-Pierre Raynaud)关于他画的花盆的声明。你知道,四十年来,他在花盆上画满了画,因为他本来是个花匠。"

"这是个好理由。"

"……而且这篇文章报道了有一天,他是如何激烈地宣布,花盆提供了'调子、轴线和方法'。"

"很厉害。"

"这位记者继续提到他最近的作品,即用类似医院的白色墙砖铺就的表面,并总结道,其实,雷诺的作品可以解读为一种对死亡发起的斗争。"

"还可以更进一步。这位记者让我想到,问题应该是:是否存在一种愚蠢地使用自己的智力的方式?"

"正是如此!"

"是啊!"我们旁边有个人叫道。我们回了头:他的双手支撑在桌子上,手肘向外分着,看起来像我家楼下的流浪汉,就是那个常常犯震颤性谵妄的家伙,除了他更干净些,但他们两个的眼睛都十分明亮(尽管眼神有些朦胧)。"是啊! 我觉得有许多种愚蠢,有细腻的,也有粗俗的。聪明人会是细腻地愚蠢,因此才会愚蠢地使用自己的智力。还是你们两位说的是相反的呀,先生们,女士们?"

哪里有女士? 我呢,是觉得他们两个有些相像。这是不是就是我家楼下的流浪汉呐? 但格列佛可能是有些微醺,决定接招。他稍微欠了欠椅子,使自己别背对着他,我想接下来的话应该是他说的:"愚蠢是人类精神的普遍恒量,范围如此广阔,以至于无法企及。一些哲学家时不时地大做文章,写些抽象或含糊不清的书籍。总是抓不住对象。"

"是啊!"这人接着说道,"正如狄德罗所说,这些人不过是从细窄的瓶口看到瓶子里的各种抽象概念,以为这就是社会。"精彩。除非他只有关于瓶子的语录……总之,格列佛继续说道:"这就是为何我们只质询一部分愚蠢:聪明人的愚蠢。"废话。他这样说很可能是因为我们的同桌时不时地插一句表达肯定的"是啊!"。我忍不住对他说了我内心的想法:"你们实在……太像了。"

"像? 像谁? 人总是像什么东西的,不是吗?"

这位仁兄可不好糊弄。他激烈地打断了格列佛:"并不总是这样。有时候,人们总体来说十分相像。人们相像,人们随波逐流,人们像应该像的东西。这甚至是一直以来的一种热情。想要相像,这其实是一种秘密的情感,但这是多么普遍啊。"

"对我来说,"我说道,"我承认我觉得先生您……"

"先生!"我们的同桌放声大笑。

"……与我认识的某人很像。"

"我的兄弟?"

"谁知道?"我有些不知所措。很难跟他说是那个流浪汉——可能是他本人。格列佛把他的椅子转了过来,朝向桌子。"你不觉得应当探究一下我们重新组织的说法吗:愚蠢地使用自己的智力的方式?"一阵沉默。我们两人中的谁小声说道:"这些问题突然让我很厌烦……"又补充道:"探究,是的,但需要些例子,一些说明……"而另一个表示赞同:"得非常聪明……"我们的邻座嘟囔道:"这么说起来,这还挺有趣的……"

我们似乎一起在回家的路上走了一段,而我们的邻桌则一直走到我家楼下才离开。他是送我回家,还是跟我住同一个街区呢?好吧。

一点一滴

　　第二天是我的休息日,但我还是在我们工作完之后去找了格列佛——人们会问我什么工作,到底是什么工作呢?然后人们就会看到我错愕的样子(可不是傻乎乎的样子),因为我们的工作并没有什么可称道的,而且这也不是我们满足的源泉,我们也肯定无法从中获得荣耀或财富。可以说,我们的工作毫无任何出彩之处,但能留给我们思考,构思想法的时间,虽然有时候,这些想法也会烟消云散,但有时候也会展开,开花结果,得到确认,这在对思想抱着极大热情的格列佛身上尤为明显:他没有其他希望、其他狂热、其他意愿,他在他舒适的书房里累积书页、注解、阅读笔记,文火慢炖着他的这篇将要改变社会方向的大随笔。这篇文章会使社会出人意料地转变,正如每个世纪,每个国家(这是我说的)都会经历一两次的那样。他记着笔记,读着书——因此我去我们工作的地方找他——我们在一家打印店里工作。一天中的相当一部分时间里,我们都在复印,正面,背面,装订,白纸黑字,彩页,分拣,我们的专业就是复印①——我立即将这加入到困扰我们的问题中。因为我应当承认:我对我们讨论的主题很有热情,而且我最不想看到的事,就是格列佛把这放弃。没有他,我就会停滞不前,我的才智愚钝,不够敏锐,我需要对话才能有所进展。然而,他似乎有些因为我们的进展甚微而丧气。于是,我就带着姜味饼干来给他打气。"你知道我对排名的狂热,而且你也记得我把条件反射、流行思想和懒惰视为三大聪明的愚蠢的源泉。这里要增加第四个源泉:美好的情感。请根据情况,叫它同情心、同理心或叛逆心。那天晚上,阻碍我的客人思考的正是这些美好的情感。他对非法移民感兴趣:这很好,不能再好了,他觉得自己是有责任的(简而言之),他想行动,很好,很好。那怎么做呢? 为什么他会激怒我们? 为什么我们觉得他的话听起来有点愚蠢? 因为他想得太简单。他怎么想的呢? 他本末倒置地把美好的情感放在了首位。"

"什么?"格列佛皱着眉问我。

---

① 这里影射的是布瓦尔和佩居谢的职业,他们是抄写者(copiste),而本书的两位主人公则是复印者(photocopiste)。——译注

"把美好的情感放在理性之前。"

"是的。而且他以此来粉饰。为海啸捐钱，支持非法移民的娃，他就不必参与到更紧迫、更长期的斗争中了，甚至大部分时间都不用想这些。"

"是的，我同意。这让我想起菲利普·穆雷的可怕语录（我拿出了我的笔记本）：一切集体灾难都是极权的，会招兵买马，煽动人心。美好的灵魂爱被动员，被网罗，被拉帮结伙，爱将珍贵的、慈善的、贤良的、充满人情味的自己献给最揪人心肺的事业。他们就这样活。也许他们只靠这样活。他们仿佛通过一条脐带与他人的苦难相连，从中汲取养分，在集体的痛苦中废除他们自己的个性。他将这称作是同情心斗争主义。这让你想到了什么，对吗？"

格列佛点了点头。我很高兴：我觉得我将他带回了我们讨论的主题。我开始敲钉转角："我今年夏天还在一份很赞的报纸上读到——你知道的：很赞——，伦敦刚刚组织了一场大型慈善活动，也不知道是为了谁，大概是艾滋病患者吧。那些慷慨的参与者们英勇献身，投身于一场大型集体自慰秀：比赛谁能坚持最久。这份报纸报道了一位自慰者的令人咂舌的记录，他坚持了超过八小时。"

"这说不定很对你的穆雷的胃口呢……这和花盆思想是同一个水平的。"

"花盆？你是要说那架造粪机吧？"

"不是的，是那个雷诺的花盆，会提供调子、轴线……"

"……和方法。"

"我想知道在过去，是否存在那么多被自己同时代的人吓得目瞪口呆的机会。这就是说，在这桩轶事中，我们可以辨认出一种流行的混合：微小的人道关怀，在性别基础上的挑衅和欢乐倾向，或者换句话说，也就是美好的情感、欢度节日和违背，结果是令人讶异的。"

"还是很可惜，"我沉思着说道，"人道主义中有一个美好的理念，但人们把它糟蹋了。这个理念来自一个非常聪明的观念——如果这种聪明也是心灵的聪明的话——我们并不是独自一人，并不是每个人都孤立在自己的世界里，而是一些相互依赖的个体，关心地球上同胞身上发生的事。比如我刚才描述的那种慈善活动显然是一种愚蠢地使用这一聪明想法的方式。"

"说得很恰当！我确定，假如我们思考、阅读很赞的报刊，并定期去城里吃晚饭，我们就会常常这样展开讨论。"

噢！他找到了与前一天的对接点。所以，他又重新愉快地整装出发了。

无稽之谈

昨晚,当克拉拉走出音乐学院时,我们来到了我们常去的广场,而她用一种食欲大开的表情对我说:"你说对了,我带了饼干。我刚刚读了一个美国哲学家,哈里·法兰克福(Harry G. Frankfurt)的《论扯淡》(*On Bullshit*)。他尝试用七十页纸展示愚蠢如何区别于与其类似的概念,并描述——多少是概括性地——其智力结构。还不错吧?"

与克拉拉在一起时,要始终拒绝轻浮可不容易。我暂时放弃了抱着她好好亲吻一番的打算,用最学究的表情说:"我觉得用相近概念来定义一个字眼似乎是个好方法。但人们也可以像我们一样,尝试描述当代愚蠢的具体的、前所未有的形式,然后打造一些适当的理念,因为这一愚蠢正见证着我们所生活的世界。好吧,你的哲学家说了什么? 另外,你怎么翻译

bullshit?"

"这个嘛，是个问题。书的译者的选择是戏谑、花言巧语、傻话、胡说八道、骗人、唬人，而且他取的法语书名是：《论说傻话的艺术》（*De l'art de dire des conneries*）。但没有哪个词能够还原美国人说的牛屎……我告诉你我记下来的有趣评论：法兰克福首先强调了大部分人在他们的能力范围内对于辨别花言巧语并避免上当的信心。如果你同意我每次都略微调整一点他说的话，以便适用于我们的对话，那我觉得这种信心可以解释为什么聪明人从不害怕成为蠢人，而且压根不会想到这一点：他们相信自己提防着教条。"

她从口袋里拿出了一本新的小书，翻了翻，寻找着她标记的地方。她的颈背浮着些细碎的卷发，让我忍不住激动起来。"另一个关于意图的有趣问题。啊，在这里。法兰克福写道：戏谑的概念与谎言的概念类似，后者并不仅仅会与骗子口中的错误事实混为一谈，还会使骗子陷入某种精神状态中，据此来组织语言——目的是骗人。我要再次说题外话了，我问自己，随波逐流者是否屈服于一些吝啬的个人利益（这与法兰克福的骗人目的相符），或者他是否真诚地是个随波逐流者？或者说，用我的话来说：自愿智力奴役是否是谋求私利的，或者只是灵魂的坏情绪？"

"我的克拉拉啊，我知道你想回答什么，我也很同意。但

106

我们必须注意到，自愿智力奴役很不幸地并不牵扯很多，即在大部分时间里，随波逐流者并不会从自己的态度中得到巨大利益……"

"……除了由人云亦云带来的道德上的舒适感以外，我觉得还有你和格列佛所说的借力，这并非微不足道，但也不是那么有分量。由于人们执迷于利益这个想法，认为我们所有的态度都首先是由利益所驱使的——这是好几个世纪以来，到处传播的偏见，但没有人，也没有任何学科对此进行证实——，他们在任何事情上都寻找着利益。在我看来，他们错了，而且让这一切显得更为阴森的是，智力随波逐流主义的利益恰恰不会总是一目了然。它并没有我们以为的那么多优势。当你上次说的那位记者愚蠢地捍卫雷诺的时候，我们其实知道，他要是为一位有价值的艺术家说些聪明话，那也会得到同样的好处，或至少好处不会少：没有人强求，他的傻话中也没有显著的利益。除非我们悲观地认为，只有愚蠢才是我们这个世界所渴望的——我拒绝相信这点。"

"这就是为何你关于在某些评论家中颇有市场的自愿奴役的评论是中肯的。"

"这就是为何随波逐流让人绝望：因为它的愚蠢是无动机的。人们希望用随波逐流来获得巨大的利益，因为人们总是偏爱精明的人，哪怕精明到可恶，也不喜欢蠢人。"

"我不知道。"

"法兰克福明确解释了那些企图为各种概念制定秩序的术语,他因此倾向于做出这样的判定:花言巧语的人相比说谎者,更是真理的大敌。我们难道不能这样说你们的随波逐流者吗?"

"是的,在说谎者知道他在说谎的意义上。他的态度预设了他有意扭曲的真理的存在……"

"……而随波逐流者并不知道他说的不是真理。"

"在真理的土地上显然很容易滑倒……"

"是的,我知道:正如尼采所说,这是一支由比喻组成的流动大军。但在这里,我同意法兰克福的话:必须假设一个可及世界的真理的存在,甚至是通过比喻,否则的话,就没有任何思想会有价值或重要性了。"

"这让我想起了十九世纪的如果上帝已死,那么一切都被允许……"

"差不多是这样。被引入到西方思想中的相对主义产生了多少重大的智力进步(在没有对神的假设下进行思考的可能性,将准则、标准等放到一边),其新近的普遍化就造成了多少傻事。法兰克福写了(她低头看着这本小书,头颈略微弯着):花言巧语在当代的大量滋生可以在各种怀疑主义形式中找到更深刻的源头,各种各样的怀疑主义否认了企及一种客观现实的一切可能性,因而也就是认识事物的本质的可能性。从这些话出发,我们很容易得出每个人都有自己的观点这个结论,后者决定了,比如说,我们对当代音乐的态度——其实也就是对整个当代艺术的态度。"

直到此时——想想看是为什么——,我才注意到她身后的迎春花正怒放着,为周围的灌木披上了一层金色的光辉。她若有所思地继续说道:"其实,我想知道普遍化的相对主义是否并非聪明的愚蠢的当代形式之一。"我颤抖了一下,仿佛又有哪根神经被激发了。相对主义真是有趣,很有时代气息。她不受任何干扰,继续说道:"法兰克福描述了一种机制的愚蠢,这种机制认为,既然认为无法辨别任何事物的实质,那么个体就尝试忠实于自己的天性。总而言之,我们从相对主义过渡到了自我崇拜。因为这一自身的天性,这一自己,不是吗?人们怎样才能领会它,描述它,如果人们都不能设计并定义周遭的一切?我知道你和格列佛都不太爱读小说,但小说却是时代的准确观察台。而且我向你们保证,当前出版的小说正不断地彰显这一只关注自身最低限度的个体的威力。我想知道,是否电视真人秀,各种形式的自我坦白,简而言之,这一对暴露的狂热,正是相对主义的结果。如果现实性是无法企及的,那么现实不过是一种观点,不过是自我的所见与所说,而当代的愚蠢很快便肯定,当我们在谈论事情的时候,我们不过是在谈论自己——所以还不如就谈论自己呢。但自己到底是什么？法兰克福肯定地说，没有一种理论或经验会支持对于个体来说最容易认识的真理就是自身的真理这一观点。这位哲学家这样总结道：因此，真诚就是花言巧语。很有启发性，不是吗?"

"你得出的观点比他的话更有趣。"

"我倒觉得我把他的话往你感兴趣的方向解读了。他并没有谈聪明的愚蠢，而是 bullshit。"

"也就是说，我可以认为他是在温和地对后现代美国人发话。也就是对一些聪明人发话。"

"然而他们会生出些无稽之谈。"

我在想格列佛对此会有多感兴趣。但话说回来，向他宣布克拉拉发明了这些新的思考方向对我来说也不是什么好事。这可又是一个拉近两人的由头。

论还原

我们没有计划第二天见面,但她在中午 12 点和下午两点之间给我打了个电话:"我差点今天早上给你打电话,我真是太兴奋了……"

"有趣……"

"……因为我在冲澡的时候……"

"嗯……"

"……突然回想起最近的一件事,我觉得我还找到了点思路。"

"还有!"

"是啊。你还记得我的大师班吗?就在上周。"

"我当时可想死你了。"

"最后有个研讨会。好几个国立音乐学院的教授都在场。

我谈了歌唱教育,我对于这个问题的看法,这我已经跟你解释过了,我觉得有几个想法还挺新颖的。有一个我只打过照面的人在第二排做着笔记。他在我的发言结束时插嘴说:'我是教作曲的。在您的发言中,我注意到了三件对我来说很重要的事,也就是气息、欲望和需求。'然后,他便发动了一场蜻蜓点水般的批评。这让人很恼火,又发不了脾气,因为我其实没有刻意谈及气息、欲望和需求,我只是提到了一句而已:在谈到歌唱时,肯定会涉及这些的。但我恰恰转移了我的发言,我发表了几个新想法,一些有偏向性的建议,我是希望他能就此进行回答的。"

"这有点抽象,你说的这些……"

"我想说的是他刚刚完成的精神活动。他在听我说话的时候,始终在打压关于已知事物的新理念。他把一切都带回、还原到他已经想到的上面来。他已经想到的也不是一无是处,而是些漂亮的理念,但有些过时了。我甚至不知道怎样回答他,他说的都没错,只是这并不是我之前所说的话,我说的可不止这些。但他并没有听进去,也就是说,他没有必要的才智条件来听懂。"

"如果他聪明地使用他的智力的话……"

"如果他聪明地使用他的智力的话,他本可以向新事物张开双耳,本可以明白,在熟悉的词汇旁边,还有非常规的理念。

但他就像条守着自己的小河的老鳄鱼一样,不停地张望着周围是否有他熟悉的东西,好一口咬住,再咀嚼几下。"

"我认出了一些东西:聪明的愚蠢的一种机制在于对理念的还原,一种将新事物还原到熟悉的事物的方式。"

"另外,"她若有所思地补充道,"这也是纯粹的愚钝的运行方式。"

"但在聪明人中间,这一愚钝会从充实而复杂的理念出发得到体现。在蠢人那里就不一样了。"

"如果你把我的话反过来说,并扩充一下的话,你会看到什么叫做精神自由,或者是才思敏捷,或是智力:首先,从他人可能会说些出人意料的话这一原则出发,并准备好抓住新理念。然后:这一出人意料的话可能是恰当的,并充满信心地听下去,即使它让人大吃一惊……我不知道怎么说好:从我不知道他会对我说什么但应该很有趣的原则出发。如果让我失望了,那我就不会坚持下去,我会关上耳朵,不会在错误中坚持前进——但唯一条件是他真的让我很失望。"

"这是一种预先设定对方的优点的方式。你是以命令的口吻说的:必须,但这可不是法律法规啊。"

"的确:这是一种才智条件。"

我把对话向格列佛一汇报,他便跳了起来:"这恰恰就是让我难受的地方。我的问题是,我一下子就会把对方的话当真。我准备好,甚至可以说是我在等着,我希望看到新观点,或者至少是恰当的观点。当对方又开始说些无稽之谈时,我的惊讶之情仿佛一记闷棍,让我失望透顶。我知道我其实是明白蠢人的存在的,但就是从来不去想,坐在我对面的那个人就是其中之一。"

"我不知道我是否和你一样大方……不管怎么说,我也许更加明白帕斯卡尔的那句晦涩的评论。他大致说的是,我们只有在自身独具一格的时候,才能察觉他人的独特性。我把这句话记在哪里了……"

我们磕磕绊绊地继续着对话。应该还存在许多还原形式,比如在那些思维速度太快的人身上出现的大杂烩:聪明的理性的第一步便是分析及区别和分离,而愚蠢则动不动就东拉西扯,什么这个就是这样的,这其实是一回事之类的。这样就免去了花时间思考这件事。混乱的思想。

我为克拉拉找到了帕斯卡尔的语录,她很喜欢:人越有才智,就越觉得独特的人越多。平庸的人不觉得人与人之间有差异。"是啊。"她对我说道,"为了描述这种现象,我会使用航线这个意象。你肯定注意到了,当一个才智只在三条航线上通行时,就无法想象有其他才智能够在十八条航线上畅行无阻。当一个愚智的人在听别人说话时,他会带回、还原他所听到的内容,为的是让后者进入到他的三条航线上,于是他便无法察觉到说话内容中的新意了。如果他能够的话,那就意味着他能够进入。其他精神的航线上,就不会那么蠢了。"她想了一会儿,然后继续着。"我昨天对自己说,我们说的这种还原也体现在对新意的追寻上。我想说的是,还原并不总是在于将新意打压成已知,也包括以某种方式论及一个新理念,或者一个谜样的对象。比如说:当人文社科对音乐产生兴趣时,我觉得其分析结果常常是恰当的、有趣的。我就对自己说,是啊,就是这样,没错,智力构建方面无懈可击。如果不是这个结果:音乐完全保留了自己的奇特性。科学看起来面面俱到,能够将音乐表达清楚,但音乐仍然是毫发无损。科学不过是将音乐呈现,并用自己的切入方式将其还原。因此,我会求知而不可得。

"可能有些对象,首先是艺术,它们的性质极其复杂,以至于抗拒分析。这甚至就是为何它们会让我们着迷的原因。"

"在某些学科中,可怕的也许并非它们所获得的结果——再说一遍,这些结果可能非常令人信服——,而是它们自我暗示的事实。每一门学科都居高临下,将其对象握在手里,从头到尾地分析一遍。然而,这些学科仅仅涉及了一个方面,甚至不是最重要的方面,这很不尽如人意,虽然我们还是感兴趣的。"

"这是些愚蠢的学科,因为它们将艺术当成一个借口,一种达到某些并非是最实质的结果的方式。请允许我夸张一下，这不就像为了剔牙刀而买一把有十四个刀片的瑞士军刀吗？"

"愚蠢的学科，显然不是。但要知道，对某些人来说，有时候尝试就来自于还原。我们可以自由地偏爱艺术的其他研究方式所保留的巨大谜团，并在保留这样巨大的谜团的同时去思考艺术。"

然后，我们便不再说话了。我们沿着正在涨潮的河边散步。一些枯枝顺流而下，被卷入漩涡之中，堆在桥墩周围，随后又被水流无情冲走。空气中闪烁着光辉而美丽的灰色。在这个厚重的、明净中透着神秘的时刻，我想到他是不会任由自己达到任何认识的：无情的河刚刚涌起，而我们是它的第一批访客，我们不得不对自己说我爱你，因为嘴边并没有其他词，但我们却有种从未体会的感受。

滑板定下调子,轴线与方法

工作日的一天即将结束。在打印店的嘈杂氛围里,我注意到正在复印中的格列佛与客户之间的电流。当他来找我的时候,我立即看到了他脸上的愤怒表情。不必说:他的表情其实是一种气恼,我很熟悉,我知道会有一场充满激情而让人愉快的对话。他给了我一些普罗旺斯杏仁饼——杏仁饼!给我这个已经等得不耐烦的人——而且他带着一种令人难以置信的邪恶,开始谈起这种美味小食的制作方法。

"好啦。别吃了。"我抗议道。

"不吃这块杏仁饼?"

把坏脾气撒到我头上是不是不太友好呢?

"我提醒你,无论你愤怒的原因是什么,都跟我没有关系。甚至正相反,我非常愿意以最热情的同理心来参与其中。"

他非常友善地拍了拍我的肩膀。

"一个拥有这样有趣的伴侣的男人无法完全……"

"完全?"

"完全……被无视。"他笑了。他是个有趣的人,不是吗……

那个惹恼他的客户刚刚从首尔宫①的一场展览出来,他夸张地吹嘘着一位当代艺术家,觉得后者如同一个老练的滑板手——"这是件好事,我这样回答他,"格列佛对我说,"但我看不出他的运动才能为何能够成为艺术成就的标题。这位仁兄被戳到了痛处,便咬了咬嘴唇,问我,在我看来,是什么阻碍滑板为艺术提供新的资源。没有。我这样回答。但难道这不就是杜尚的做法的第 N 个版本吗? 这真是层出不穷啊:继小便池之后,为什么不在博物馆弄一个滑板呢? 如果说我们责骂类似艺术就是生活,生活就是艺术这样的霸道思想,那其实:为何不把以滑板的形式出现的一段生活放在首尔宫呢? 这位仁兄用一种恶心坏了的眼神看了我一眼,然后喃喃道:'我不明白我为什么要跟你说话。'你可以想象他心里在想什么……"

---

① 首尔宫也出自作者的杜撰,实际影射位于巴黎第十六区的东京宫(Palais de Tokyo),主要展示现代艺术品,巴黎现代艺术博物馆就在这幢建筑中。——译注

"这个反动的打印店伙计……"

"完全正确。你是否能向我解释一下,为什么造型艺术家是无尽的愚蠢多发源泉呢?"

"也许只是因为这是一目了然的?"

"哦。我不大清楚是否应该这样看重一目了然的事。尤其是常常一目了然的事……我们自己的愚蠢。我很提防看上去的道理。"

"是啊。这就是你在复印机前对话的结果?"

"嗯,我们现在可以去首尔宫……"

"已经关门了……"

"今天夜里也开门的。"

生活是如此地激动人心。我们正要回家,做做梦、读读书、看看电视,而格列佛却把我们两个拖入了他的一时狂热和首尔宫里。天白下了一点毛毛雨,白云白白地把落日遮掩,生活多美好,因为它总是把东西送到我们嘴边(坚硬的牙齿下)——我知道我有些像布瓦尔,像他一样因为身为人而充满热情。好吧,真可惜。

我们一下子就同意了对那个地方的看法(我觉得和几乎所有人一样):使用一块真正的工业荒地,一家服务于艺术的改建工厂,这是个好主意,能够为我们的后工业社会带来新气象,改变一个原本的劳动场所的使用,充分利用场地的巨大面积,简而言之,我们本该对这些十分满意的。但在这里,人们破坏了一座从一开始就是用来展示艺术品的城市建筑。在城市最时髦的某条大街上依样画葫芦地建一处工业荒地,这很不成熟,而且与其说这座混凝土结构的建筑物能够改变和重新规划场地的使用,不如说是彻头彻尾的浪费。我们可以想象某些支持这样的计划的说辞(艺术是永恒的,因此让我们模拟一片大工地吧,另外,这可不是一座博物馆——固定的,僵化的——而是一个厂址——流动的,开放的——啊!修辞的魅力),结果只是更让人伤心,而且多少十分荒谬。

我们进门参观了各个展览。第一个展览呈现了一些美丽的作品,但我们立即被扫了兴:我们被邀请回答几个艺术家提出的问题("谁创造了白天与黑夜?"或者是"我们为何来到地球?")。人们向我们保证,答案一定会告诉艺术家本人。

"你看,"格列佛对我说,"他们对作品毫无信心,所有不得不增加一个互动的小游戏。人们可以感受到其中包含的暗示:我们每个人都是艺术家,而且艺术家离我们并不遥远,看呐,我们可以给他们写信呢,而且他们也对我们感兴趣,对我们有趣的回复感兴趣,可别忘了我们身处一个互动的世界呢。"

"这正符合我们说的愚蠢地使用聪明的作品和理念——如果智力是一个漂亮的门面的话。"他向我斜睨了一眼。我有时候会灵光乍现。

下一幅作品仍然有互动，这是一种视频装置，人们可以在上面通过操纵鼠标，在屏幕上移动，就像电子游戏一样。上面极其当代的、冷冰冰的城市风光颇让人费解。但边框装饰却让我们有所怀疑：某些电子游戏的亮光可能会损伤视力，并引发癫痫危险。"癫痫：这从某种角度来说，很烦人——几乎是一件当代作品的真实性证书"，格列佛仿佛在自言自语。

我们最后来到了一间布满大量图像的大厅，大部分是照片，还有几幅素描和油画，上面画着一个年轻人，又穷又色情。因为正如宣传册上写的，这位艺术家是一位在洛杉矶的滑板界无法绕过的人物。那里还有一个小型木制搭台，我们可以想象，滑板应该可以在上面做出漂亮的旋转。我们也明白，这一以日记的形式（简介牌上这么写道）所做的展出呈现了滑板手的世界。好吧。同样地，在早些时候，人们还通过一本日记，带我们游历了这位艺术家在巴黎的童年世界。首尔宫的经理在场馆介绍中所推崇的应该就是这种与作品和艺术家的近距离接触。

"看，"格列佛嘟囔道，"艺术就是生活，生活就是艺术。容器展示了它的混凝土结构，即其内部，其最隐秘的部分，而内容则让我们走到了艺术家的身旁。是的，这一切都很说得过去。克拉拉会说这就是自我的统治。"我们觉得很颓丧——至少我是很受打击的,因为格列佛毫不留情地说:"你看,这么多使用自己的智者的愚蠢方式"——,我提议去哪个小酒馆喝一杯勃艮第。

说起小酒馆,其实附近都是些高级的咖啡馆,而红酒对我们来说又太贵了,再加上两个打印店员工进入不符合他们身份的地方,不可避免地会让我们感到自己僭越了什么。我想起我几年前曾读到一部让我十分惊叹的作品。"一个人走进一个光线暗淡的房间,而且似乎是空无一人的。在房间中央的地板上,他发现了一个很小的屏幕,上面正播放着一段视频:一个女人笑嘻嘻地,坐在一个小板凳上,正朝着我们,也就是对她来说的天花板挥手——也许同时在叫我们,我也不确定——,好像在努力挣脱禁锢她的监牢。我不确定她是不是在笑:我觉得是这样,因为皮皮洛蒂·瑞斯特(Pipilotti Rist)的这个作品让我很开心,虽然我不知道到底是为什么。也许是因为它的反差:参观者进入到一个大而空旷的房间,而播放视频的屏幕又是这样小;四周的光线暗淡更强调了屏幕的光亮;人们略微有些吃惊于图像并非垂直悬挂在墙上,而是被装在了地上,要看它,就得弯下腰来;而视频中的人物也颇有新意,她拒绝依照传统,乖乖地在画中保持平衡,一动不动,而是抗议着她的囚犯身份;她的手势并不是无缘无故的,而是由她所在的空间所赋予的,并且是直接对着观看者所做⋯⋯"

"很可能是因为，与我们刚才看到的不同，你在这幅作品中没有找到任何平淡乏味之处，也没有任何既定理念。"

"正相反，从在房间里发现这幅作品开始——毕竟要找到还得花些时间——，一切都十分惊人。而且你看，在找到这幅作品的同时，我并不需要将它与类似艺术就是生活之类的流行理念挂钩。接下来就是要解释为何我在这幅作品面前这么高兴的原因了，这可不容易。"

"在艺术面前，折磨我们的总是这个问题……"

光线变得柔和起来，夏布利也可口得很。我说："服务员！请再给我们来一杯！"我们得疯狂一些。

愚蠢地阅读

我又做梦了。我常做梦,但我很少记得梦里发生的事。目前来说,我的梦通常和我爱思考的主题有关。这很惊人。随便怎么说,总是这样:我在苏比翁大街的咖啡馆里,而我的邻居,那位精神分析专家说艾希曼①是个对于标准的偏执狂:"没有情感,没有冲突,他是空的,他不加判断便运用法律,只是因为这是法律而已,也就是权力。"我不明白为什么她会谈到艾希曼。她补充道:"还有领头羊这个情况,就是想在随波逐流的同时鹤立鸡群。于是,他将标准推向极致,就像那些朋克一族一样,他们梳着和族群中其他成员一样的鸡冠头,却不

---

① 阿道夫·艾希曼(Adolf Eichmann, 1906—1962),纳粹德国前高官,被称为"纳粹刽子手",二战后被以色列情报局特工绑架,公开审判后被判处绞刑。——译注

124

满足于此,于是便将头发染成三个荧光色。"格列佛激动地向她解释了他的《大随笔》的架构。他们好像在用一种我并不知晓的语言交谈。我们的流浪汉举起杯子,对我说:"拿出点勇气来:智力上的悲观主义和意志上的乐观主义。是啊!得拿出点勇气才能在智力的混沌中继续。"精神分析专家听到了这番话,觉得他太夸张了,但她只是撇了撇嘴,说道:"的确,当我们想到所有那些认真工作的人们,那些正在积累证据,提出复杂假设的科研人员和学者时,您呢,带着您敏锐的直觉——甚至可以说是轻浮的直觉——却发表些煽动性言论,您的道理没有经过深思熟虑。这样一来,您自己的智力也要被打上问号。"格列佛的表情十分严肃,他宣布,当涉及一些我们无法掌控的主题时,很难不落入花言巧语的陷阱。我觉得这很不公平,他本来在我们的讨论中可是主角。他补充道:"当对于既定问题发表意见的场合压过对这个问题的认知时,就会导致蠢话的产生。"我的女邻居回应道:"常在城里吃晚饭时,每个人都被要求就某个时髦的现象给出自己的意见。人们觉得这样的晚餐是有负面影响的。"我觉得她的话直接把矛头指向了我。格列佛从不惧代替我发言,他进一步说道:"插一句,这件事最近以来常常发生。在我们高度自由的社会中,个体常常获邀自由地表达他们的观点,并且我们是自由的人的证据就是人们可以说他们是否赞同或反对这样的现象。但如果自由具体在于谈论除这个现象以外的事,或者至少用除了赞同或反对以外的字眼来思考呢?"这是无可争辩的。

接下来就更让人疑惑了,甚至让人感到费解:这个无法描述的梦所组成的晦涩大网。但我很喜欢格列佛最后关于自由的评论——其实是我的评论,因为说真的,这是我的梦啊。比如,我总是惊讶于人们在每次大师回归时,向我们征求意见。而当人们因为确信新书有些无趣,所以并未翻阅,并说"我觉得这书不怎么样"时,总有个人冲我们吼道:"你没读过怎么能这样说?"结果就是得花几个月时间读时下流行的胡言乱语,只为给出论证充分的负面评价。那我们什么时候才能读些好书呢? 精神自由可不只是赞同或反对人们正谈论的某本书,而是当我们不愿读这本书的时候,可以自由地读其他东西。

克拉拉(我避免告诉她我做的荒诞的梦,我只告诉了她最新的想法)同意这种说法——她很爱读书——她问我是否注意到那个新的小花招,正好完全符合我刚刚对她说的话:"最近几年,很少有哪次回归作品不让人惊为天才之作的。戈达戈、布贝克、维尔戈伦、安戈尔①:我们刚刚发现了一个闻所未闻的天才,我甚至还记得当时各大新闻媒体纷纷不吝溢

---

① 这些名字仍然是戈达尔、维尔贝克、布伦和安戈这四人名字的排列组合。——译注

美之词,交口称颂一本还没人能够读到的小说——真是绝妙的营销——,他们已经宣布这是一本杰作,新塞利纳已经诞生,这本法语小说原原本本描绘了我们的世界,既不害怕历史,也不恐惧科学、政治、经济现实。这位朋友的朋友用贪婪的表情说道:'我多想快点读到……'但目前来说,这个小花招恰恰是从宣布这是一本杰作开始,然后宣称这本书如何绝妙,最后将它拖入泥潭:所以那些大师回归之作在之后会变成壕堑战,赞同方和反对方各执一词。评论自导自演一场自由的大戏,却不去想,自由也许应该如你所说——如果这真的可以叫做自由的话——,也是谈论其他书籍的自由。"

"但显然,已经没有位置给其他书了,因为空余的位置是有限的,全被壕堑战给占据了。"

"这就是为什么我们可以说,大部分人在每一季都随波逐流着,愚蠢地读着书……"

"要为他们说句公道话:要在一次作品大潮中找到位置可不容易。如果评论不能够汗牛充栋,那要读什么呢?"

她想了一想,然后总结道:

"但读者们还是应该保持戒心,不是吗?我也许心态不好,但每当大家都在谈论同一件事的时候,我就会闻到些从众气息。你已经听说过记者们谈论新作品面世了:编辑部大会上,人们寻思着其他人会说什么,以便成为第一个这样说的人。'面对大家都挂在嘴上的事,我们怎么会无动于衷呢?'这就是典型的专栏作者的怒吼。"

　　显然,我们无法明白为何一个文化部门能够逃过时代的缺失。如果这些的确是这个时代的缺失的话。这还有待证明。巴尔扎克或者福楼拜在他们的时代也抱怨着相同的机制。最后,普遍化的随波逐流主义是从何时开始的呢?

源头，又是源头：误入歧途的平均主义

格列佛回答我："随着民主与其最热切的情感，即平等的出现，一种新的心态也诞生了，这基本没什么疑问。"

"托克维尔?"随着时间，我知道他的参考对象。

"是的。你还记得(这纯粹是他的卖弄——我可没读过托克维尔)《论美国的民主》吧。"在这种情况下，我什么都不回答。他这只是修辞手段而已。所以我就等着，我知道他会给出细节的，就好像我记不得了一样。他到处搜寻着他的书，打开了一本绿色封面的书，然后读起来："我认为，民主的人民对自由天生向往；他们的命运把握在自己的手中，他们寻找着自由，爱着自由，并且也看到，有人正温柔地将他们与自由分开。"我寻思着克拉拉会怎么想。她不一定会赞同的。自愿奴役……"你在听我说话吗? 但他们对平等是如此充满热情，不知餍足,对它的追求持久永恒,不可遏制;他们在自由中渴望平等,而且如果他们无法得到,那就在奴役中仍然渴望着。"

"尤其是,所有人都是一样的……我们可以想象,在对人人平等和只有平等人存在的热情中,还住着随波逐流主义。平均主义有不少缺点,尤其是与其努力拥有得与他人一样多,倒不如希望他人拥有的与自己一样少的狂热渴望。我们在今天(今天,我颤抖了一下——格列佛没什么反应)看得到这样的情况,每个人都要求给予其他职业群体的好处被取消,因为后者被视为特权,却不要求获得相同的好处:从低拉平。当政治思想已经到达其野心的零点,就只剩下这种心胸狭隘的热情,希望拥有司法的风度,这很可能被叫做欲望。"

"这是一片危险的场地:保守派总是白白地只在不平等的抗争中看到欲望。问题就是:随波逐流,作为舆论的平均化,是否是与民主一起诞生的呢?"

"嗯……"我试着思考。"我觉得不是。流行、宫廷习俗、布尔乔亚绅士……"

"的确,但这是否可以与我们舆论的大变革相比较呢? 另外,托克维尔并不认为法国大革命发动了民主进程:他在十九世纪初认为,人们自七百年来,一直在朝着民主行进,而且觉得国王……等等……专制君主是最致力于拉平存在于他的子民中间的各个等级的。为什么呢? 你想想我们关于路易十四

130

的历史课:国王为了浇灭他的贵族阶层中可能出现的任何投石党想法而推行平等。国王为了防止贵族生出会对王座造成威胁的野心而在他的城堡里娱乐贵族,维持着他的社交热情。因此,这些臣子们就为了项链和谁坐得离国王近而争风吃醋。在这样局限的氛围里,反叛的念头,或仅仅是特别的念头是很难有机会生根发芽的。如果换到今天……"

"这可不会太容易……"

"……在我们今天,精神的统一化在世界各地随处可见,并且也伴随着习惯、衣着、吃饭和玩乐的方式的统一化……我们每个人都活在越来越像的城市里,同样的信息在全世界流转。显然,这让我们周围的每个人都认为,随波逐流是一个时下的热门话题。消费这些物品和平庸信息的热情并不是国王的策略的结果,但这与宫廷精神异曲同工:对权力的屈服。"

他沉默了。

"如果我们尝试描述更近些的源头呢?"我接过话头。"我不懂随波逐流到底是从何而来的。拉倒。但如果我成功明白它在今天是如何体现的,那也挺不错啊。"

我们的对话常常这样走向终点,有些突然,各种想法还凌乱地漂浮在空中。但我们的对话迟早会重新开始的——这是老夫老妻的好处。就在那天晚上,我们便在他的办公室里一边品尝着霞多丽,一边重新开始我们的对话。

"有趣的是,我觉得对权力的揭露所造成的伤害和权力的现状所造成的一样多。"他对我说。

"这可不是一个政治上十分正确的想法……"

"你几个星期前引用了巴特,和他 1977 年在法兰西公学开课时所说的蠢话:'语言就和所有用语的性能一样,既不是反动的,也不是进步的;而非常简单地是法西斯主义的。'看,一个伟大人物堕入了常规……因为话语虽然可以是法西斯主义的,但语言怎么成为法西斯主义呢?除非认为'一切语言都是一种分类,而且所有分类都是压迫性的',这支持了巴特的观点,并且引出的想法是,说话(现实化语言这一形式体系)必然被法西斯主义侵蚀,因为说话就是将话语权交给这一压迫性分类。和布尔迪厄一样,后来者还包括福柯,巴特与马克思主义者们相反,认为权力不仅仅存在于各个国家机构与国家机器中,也存在于身体、精神、语言中。权力作为内置装置,阴险地使自以为自由地行动和说话的天真个体臣服。于是,开明的哲学家们警告人们:当心,到处都是法西斯。这是普遍化怀疑的时代,而推翻语言实践,从而攻击权力则是一桩刻不容缓的任务。"

"我还记得曾读到过一些关于摧毁统治性的用语规则,将其颠覆,发明一种造反风格的必要性的热切声明。当我们翻阅那些年的文字时,也就是理论主义那几年,正如我们试图找出目前随波逐流主义的源头时你所说的话,我们会为那些号称使语言改道的大杂烩震惊。我们在文字游戏、用语、谜样的句型中猜到了荒唐的欢愉,而且我们也感到,这些话语并不是随随便便就能晦涩的:它们由一种模仿智力与深度的修辞支持。得举一些例子才行……"

"我有的是例子。"格列佛开心地说。我常觉得他记得的事数不胜数。"我们可以打开那些年的标志性期刊,《原样》(*Tel quel*),随便哪一页……听听这篇文章的开头:根据这一被接纳的在场——以后者之名,两个交流范畴不会根据同一批分配标准得到实现。这些标准涉及某个投资话语的原始数据,但这一话语的投资所显示的并非回归先前的状态,即对消灭埃罗斯的力量的幻想,而是明显的一种二律背反,且在其中无法找到假设债务的游戏,通过后者,要隐蔽就会容易些……"

"拜托!"

"我还有好多页呐。"

"谢谢,我已经明白了。我不知道你读的东西里哪里有法西斯主义。难道它不是存在于那些话语中——权力在其中得到了凸显,通过为了使用者而设立的令人快乐,但却毫无意义的修辞的确立? 这是对精神的暴力,提供一个看似聪慧的话语的错觉,实则让人闭嘴的方式:当心,如果这对你来说太难以捉摸了,那就闭嘴,投降。"

"或者学我们的新语言,跟我们一起玩。有时候,我会对自己说,与愚蠢和随波逐流对抗的第一方式就是强行理解一切。如果——即使要花一些时间——话语(只要是针对除了天体物理学或微生物学以外的领域)还是晦涩的话,也许就比较可疑。"

"我理解你的想法。但我们很可能会堕入原始的反智主义的陷阱,假如我们假设一切并非一目了然的事都是在欺世盗名,或是胡说八道。"

"我很清楚。我不会见人就提出这个建议。另外,我说了如果——即使要花一些时间……将欺世盗名与真正的复杂学问区别开肯定需要足够的敏锐和一定的开放精神。"

对于这个关于权力的问题,我有些胡思乱想。有趣的是,在当了一回激情洋溢的革命话语所针对的对象之后,权力从当代修辞中消失了。就像革命这个词一样。这两个词其实是不可分割的。所谓权力,难道我们没有对其强烈抗议和斗争过吗——至少在其各种象征形式中?而且我们不再谈论它了,难道不是因为其自身就自然而然地提供了可指责之处?然而,这个权力还是存在——而且更加庞大而不可触及:经济权力。经济?利润——产业——宿命——不许碰我的东西。

"你说得对。反对权力的政治话语并没有完全消失,"格列佛接着说，"这一话语尤其躲进了学校里，藏在教学的理念中。但这一话语过于简单和扭曲，因此造成了可怕的损害。读读那些培养教师的言论吧：不信任'师傅'（仿佛被过分地与权力混淆的权威肯定是祸害）和作为权力的工具的文化。孩子们被邀请不断地对此进行质疑，而这一质疑被伪装成对自由的教育——好像人能够在不信任传道授业的人的同时学到什么一样。成年人受到怀疑，因为他们是权力不可避免的天然代表，而自由烂漫的儿童则应当准备好质疑他们。如果成年人是正直的、进步的——即他愿意终止这一地位上的不平等——，那么他就应当帮助那些受到压制的小朋友们获得权力。这一'自由学校'的结果，我们已经看到，反而加剧了不平等：只有那些家境优渥的学生才从中受益。而其他人则注定完蛋，因为学校救不了他们。"

"这真令人难过，你会承认的，这些继承了过去揭露压迫、推动平等的知识分子衣钵的进步主义教育家们，他们混乱的意图对我们来说应该是不错的，我们从同一源泉中汲取营养——但结果却是大灾难。存在一种政治思想的新情况（广义上的政治）：我们的价值观、平等、自由、批判精神，在学校或在文化中被嫁接和扭曲，而这已经造成了伤害。话说回来，作为与思想教育相应的诡异而可怕的平衡，政治和经济思想便少一点自由主义，多了一些法西斯主义，也就是更加保守了。"

"好像思想共识的边界不再经过同样的地方,也不再明确了……这也许解释了为什么这一新的配置会勾起我们如此多的痛苦:对我们的指责涉及我们所站的阵营,而且我们可以援引帕斯卡尔的话:我谈的不是傻瓜,我谈的是明白人。无论如何,我认为必须真正地在那些年,也就是六十年代和七十年代中寻找目前随波逐流主义的源头。要知道,正如你好几个星期前就注意到的那样,在这一时期,甚至那些真正有趣的理念也遭受了一种会造成损害的歪曲,有的还成了今天的愚蠢理念。"

当我把这些对克拉拉说的时候,她认为这确实涉及一种误入歧途的平均主义形式:"或者是一种被愚蠢地执行的美好理念(平等)。抗议权力就等于召唤解放的力量:然而这一美梦已经变成了机械而压迫性的思想,恰恰就是解放的反面。"

"这就是为什么格列佛和我提到了一种悲伤,这不仅是我们的分析结果,也源于我们的思想活动:因为解放运动真是快乐的运动,我们的先人们在旧制度的限制中振臂一呼,欢快地跺脚。而今天,呼唤精神的自由,并要求重新思考就意味着努力严格而精准,具有责任感,在道德上严格要求自己——这与我们在上个世纪的自由主义发言中所发现的孩童般的快乐气息丝毫不同。说一句'我们砸了一切,重新发明一切'更为有趣,而揭发一种伪造的自由和事先计划的反叛,正如我们所做的那样,则未必。"

"关于迷途的平均主义和标准化的反抗,你想要展开吗?"

"乐意之至。其实吧……说乐意……在哪个领域里呢?"

"在伪女权的言论中。"

"我一直以为你是个如假包换的女权主义者呢?"

"正是如此。我没法忍受某些女人的这一解放思想。"

"你想的是那些普适主义者——你也是其中之一——和差异主义者吗?"

"我不想辩论……解放的理念(用你的词汇,很聪明的理念)"来自一点,那就是女人虽然拥有和男人一样的大脑(同样的表现欲望,同样的能力),但却被限制在了一个低一等的、屈服的、没有足够权利和自由的位置上。今天,一部分女人利用一种解放主义言论,正侵害着这些美丽的诉求。我要给你读一段与作家埃尔弗里德·耶利内克(Elfriede Jelinek)的访谈,我刚刚在报纸上看到的:人们询问她的工作,而她将其描述为一项巨大的计划——你会看到,这还是停留在你们最近聊的主题中——关于雄性语言的颠覆。她肯定地说:是的,一切语言都是雄性的语言,因为说话的主体是男性。女人未能,也无法参与其中,即使她一直在尝试,一次又一次……最后的结果总是:可怕的失败,这使得许多女性作家最终走向自杀。

"她刚拿了诺贝尔文学奖对吗?"

"可不是嘛。这多半是因为她采用了一种改道方式(这篇文章用的是绕道一词,但意思是差不多的):我所能做的,就是借助讽刺来绕过统治性的男性语言。但我无法摆脱这种语言,因为它是统治者的语言,而统治者显然不是女人。关于哲学,她做了相同的解读:我认为女性思想的命运是被男性的冰雪宫殿击溃,撞沉。而哲学宫殿的主人是男人,甚至不会被撞出缺口。你看,我身为女性主义者,对这样的言论是十分反感的。首先,你会在其中听到七十年代的回声,当时,统治者的权力这个概念就像被揭示的真理一样无可辩驳。你可以看到,在耶利内克的话中,并没有一丝一毫的分析。雄性语言的权力就好像显而易见的事一样被摆上台面,但这一说法却从未得到论证。第二件惊人的事也是我在其他女性主义者身上发现的,这很不幸:受害者立场。在七十年代,对压迫的认定使她们支持反抗和运动。今天,一些女性似乎完全被怨恨填满,她们在角落里哭哭啼啼,阻止一切冲劲:有什么用? 反正女人多少个世纪以来都是受害者。而我总是想说:'去吧,去把权力抢过来,要求平权……'因为正是在稍微努力斗争的过程中(有时候要特别努力),在行动起来的时候,在我们感兴趣的权力的场所大展身手的时候,我们就会成功做到。"

"是的,在性别平等中存在着一些不可避免的事,但只要女性持续相信,并采取行动,从而获得进步……"

"总而言之,我们从一个聪明的理念(性别平等)出发,但我们首先仰仗的是一种措辞,后者节省了思想——无可辩驳的雄性语言与思想的冰雪宫殿——,这是一种愚蠢的行为(用你们的说法来说的话),第二,人们斥责这些时下正流行的想当然的姿态:以受害者自居。这还是你们讨论的主题吧?"

关键的美德

在造型艺术领域,现在这个时期对我们是有利的。不,说真的。发生了许多事,让我们对这个时代有不少回味之处。昨天,我发现一个童年保护协会正起诉一家当代艺术中心,后者在几年之前展出了两百个艺术家以童年为主题的作品。格列佛有些懊悔地摇了摇头——关于这些问题,我们把该说的都说了:审查的稻草人,幸运的是常常被真正的反动派竖立,从而使正统派能够高喊狼来了;不假思索地要求艺术家的绝对自由,无论他们嘲弄了哪条公共法律,在官方报刊上宣称要扰乱,并得到了后者的绝对支持——"真有趣,"我若有所思地说。我们每年至少要参加一次这样的小活动,就像一出木偶大戏一样,恶毒的反动派对善良的艺术家,等等。如果你允许我再读一段话(我打开了我的笔记本):穆雷说得没错,"旧式"审查长久以来,已经不再是一种诽谤,而成了那些尝试挑衅它的人的福气。我读了他的一篇文章,一如既往地有趣,名字叫做"审查的新冠军"。他嘲讽了他惯常针对的人们,那些直面各种"排外"恶人的各种少数族裔的捍卫者,以及"普遍的、抽象的和互惠的骄傲游行"的示威者。他所定义的新审查者正是这些人:"在已经不存在的'道德秩序'的方便屏障背后,在连最后一个样本都已烟消云散的'清教虚伪'的背后[……],审查者们反而成倍地增长了。"但是,他补充道,由于他们监视着,说着一种反叛的新语言,并用一种理直气壮的词汇谴责着,因此他们很难被看清真实面目。

"是的,这一看就是他的天马行空。"

"必须讨论一下他关于新审查者的话题。后者纠缠着那些排外者,并发展出这一处罚的愿望,这使他们打着颠覆的旗号镇压。我们总是能在穆雷的笔下认出我们这个时代的一些特征。"

"可能他最大的美德就是出人意料。你那天想知道是否所有时代都像我们这个时代一样,会有意耸人听闻,惊世骇俗。我不知道。但我确定的是,我们当代人所缺乏的是惊讶自己的能力,也就是在世界的各种层出不穷的蠢事面前惊呼'不可能吧!……'或者'哦不,我不相信',或者'天哪……','不会吧……'的能力,从而显示自己的智力正在抗议……我们正承受着这样的痛苦,也就是普遍化的了无生气的默认态度。一切经过,被消化,人人都相信该来的总会来——没有什么再让人吃惊。然而,惊人却是关键的哲学美德。"

"正是如此。你看了那个关于童年的展览的照片吗?"

我合上了报纸(报纸:我们很少阅读很赞的报纸。为了保持消息畅通,我们更喜欢读官方的报纸),并向他展示一张艺术中心的一个展厅的照片,既令人压抑,又使人震惊。在激动地表达了对审查的愤怒的标题之下,我们看到在半页纸上登着两幅著名艺术家的作品。我们可以想象,并不是这两幅作品激起了反动派的不满和艺术家的同仇敌忾,但这两幅作品为展览定下了基调。左边是一只像人一样的猫,穿着运动服,又瘦又白,一脸满足地将手放在颈背上,右脚下踩着一只卧倒的白色胖猫的头:题为《大卫》(*Le David*)。在照片的中间则是另一幅作品,岩石上有两个穿着皮草的人物,那是一头快乐的棕色卡通熊,和一只挂在它身上的白色的大兔子,他们大概是在做爱:岩石上的熊与兔(Bear and Rabbit on the Rock)。这真让人想哭。"或者让人发笑,"格列佛反驳道,"当你想到那些美好的情感、愤怒和请愿的宣泄,在"麻雀"(Les moineaux)这样的可怕协会的活动面前焦虑得发抖,而后者代表着每个人身上沉睡的深深的反动意图。这一意图和邪恶的当前版本并无多少区别……,我们在看到这些源头的作品时

142

难道不该一笑置之吗？"

"不管怎么说，我们可以确定两件事：首先，没有一个法庭会蠢到指控艺术中心的总经理，我们大可以打这个赌；其次，这一切也就只配在官方报纸上占一个角落而已。"

由于我们从来不愿蜻蜓点水般地思考，于是我们决定去当代艺术博物馆下面的大图书馆，去看看这位创作了这只淫荡大熊的大艺术家，保罗·麦卡蒂（Paul MacCarty）的其他作品。

我们看到了一本厚厚的目录，上面有各种各样合成材料制成的玩偶的照片，而在照片上，玩偶们正在进行各种荒唐的，或者被丑化的性行为，仿佛是一个正在自残的人的表现。这就是麦卡蒂的作品。这让我非常愤怒。我说："你看到这些令人作呕的蠢事了吗?!"然后，我立即感到了从我的左边传来的动静，似乎有人很惊讶。我正要转头，便遭到了在看同一本目录的一对年轻情侣的攻击。一位眼睛亮晶晶的美女冲我说道："但您不还是好好看了吗，说明您还是感兴趣的呀。您现在在批评它们，好像是在当代艺术面前因为负罪感而大惊小怪似的。"

"不是啊，"我还来不及回应，格列佛便喊道。"您没有权利把当代艺术挂在嘴边。我的朋友对普遍意义上的艺术感到切身的兴趣，尤其是对我们所在的时代中诞生的艺术。他将所有此刻制造的艺术都描述为当代艺术;而我不明白为何他该放下他的批判,只因为这种艺术对他来说是当代的。"

我感到很尴尬:他这么站在我的位置斩钉截铁地回答。我毅然决然地插进来:"在今天的艺术中,有最好的和最坏的。因此,我其实要求的是筛选的权利,以及排除某些作品的权利。不能让当代独裁,而且我们可以商量着来。"我说这话的意思不是我希望和他们讨论,而是因为格列佛使我陷身于一个荒唐的境地。

那个姑娘摆出了一副辩论架势:"你们翻阅的目录上登的是这位艺术家的作品,他叫麦卡蒂。在我看来,他是至关重要的艺术家,因为他通过一些血腥的图像来展示我们的社会,而这些图像是我们的文明的隐喻:在我们四周光滑平静的表面之下,藏着野蛮的暴力,同样地,在我们身上也藏着一种内心的恐怖。您已经认真看过目录,但您却将它丢弃了。您一开始被这些照片所吸引。然而,什么叫作品?难道不恰恰就是留住目光的东西吗?戈雅的作品使人在恐怖中着迷,同样的话也适用于杰罗姆·波什(Jérôme Bosch)。一些伟大的作品就是建立在暴力的基础上的。"

"啊,您把我们弄得无话可说了",格列佛冷笑着说道。

你还说呢! 我都没捞到说话的机会,因为他一直占着话头。我承认这里涉及的的确是聪明的愚蠢,它是那样典型,以至于叫他心里发痒。我又插了进来："我尤其对这些可笑的，或者说是受虐狂式的东西能被当成作品感到困惑。"

"据一些大艺术评论家们所说，"与这位聪明的姑娘一同前来的这位机灵的小伙子回答我，"最好的评价标准就是视觉强度。在麦卡蒂所呈现的荒诞世界中，在他的作品所构建的恐怖而巨大的堕落中，就存在这样的强度，而这不过是当下恐怖的反射而已。当一个孩子被地雷炸死时，他的残肢上还留有麦卡蒂所揭露的恐怖。正如在伦勃朗的被屠宰的牛中，恐怖取代了美丽的位置，而我很喜欢这在我身上造成的情绪动荡。于是我感到我失了常。然而，我很清楚地认为，这就是艺术的一项使命：艺术应当扰乱，使人与自己形成矛盾，让人讨厌。麦卡蒂是个伟大的艺术家，因为他用暴力的方式让人讨厌。他触怒了视线。"

"阿门。"

"不好意思？"

"而我呢，我要的是吃惊，"我说道，"看到令人意想不到，我事先没有预料到的，没有想到的，超越我的思考，我的期待，我的姿态，我的感性的事，而且还要继续提出新的东西，甚至是出人意料的东西。另一方面，当我被一个男人正自残的照片扰乱的时候，这不是因为照片是意想不到的，而是因为它刺激了我的世界观和我对人、对身体、对完整性的观念。这张照片并没有改变我的观念:它彻底冒犯了我的观念,并且毫无任何将其修改的可能性。其实,它就像是一个打扰到我的人,正如纳粹主义、反犹主义等扰乱了我一样。有很多事扰乱我,而且这些事并不因此而成为艺术。扰乱并非是一种标准。我期待的艺术要能为我打开新的世界观的可能性,但当我受到扰乱时,这是因为这使我感到恶心,与我对人类的观念相悖,我看不到这种扰乱的好处。"

"我们难道不能说,麦卡蒂的作品是必要的宣泄(cathar-sis)的延续吗?他展示暴力是为了更好地让我们摆脱它。这里的艺术使我们将这一暴力的冲动从自身发出,并提出超越一切局限的对象。"

那位姑娘有两下子,但格列佛也不赖。

"在更久远些的年代,人们去巴黎沙滩广场看行刑。一方面,我不确定这种对恐怖的着迷是否会阻止日常生活的暴力;另一方面,这种着迷也和任何美学感受毫无关系,也许有联系,但暴力的表达并不足以创造一件作品。我同意强度标准:作品应当展示一些强度,通过它的丰富、多样、效果的集中等等。但其激起的情感的强度却可能无法勾起任何美学感受。当这不是令人恶心的作品时,麦卡蒂向我们展示的就是主要建立在嘲讽基础上的作品——人物的嘲讽,情况的嘲讽,媒介的嘲讽。不好意思,但我很难相信这样堆积起来的嘲讽能够引起震撼，或某种宣泄。"

我们周围已经围了七八个人了，这本目录从一双手传到了另一双手，人们翻阅着书页，小声评论着，继续我们的辩论。一位娇小的女士接过话头，用温柔的嗓音说道："我很明白，大家触及到了一种可能只在我眼里有价值的观点——还有在这位先生眼里——但麦卡蒂的作品尤其展示了一种我并不认同，甚至讨厌的人类观。在他的观点里，身体与精神是分开的，甚至是低贱的。物质归下等，肉体已堕落：我厌恶以创作为名，宣扬肉体的卑贱。这就是这位艺术家该受谴责的嘲讽的真正所在。"

我们刚才没有注意到的一位戴着一顶两边都挂着一根线，上面还各有两个夹子的帽子的大胡子男士礼貌地问道："那达达呢？"他略微往后欠了欠身，仿佛是在为自己的存在抱歉一样。那位女士泰然自若地答道："当达达用嘲讽来思考整个宇宙时，没有什么能够逃避它的恶毒讽刺，无论是艺术还是其他。这就是为何达达显然没有进入博物馆，因为它根本不把博物馆放在眼里，不仅将所有的作品形式一举推翻，还矢口否认所有形式的艺术机构。但当人们将嘲讽安置在各大博物馆中时，那嘲讽还剩下什么？或者至少在某些形式的嘲讽中潜藏的批判力量还剩下多少？总之，从达达之后，就是一片烧毁的土地，这就是为何超现实主义者们最终还是摆脱了达达的标记:他们还是想创作的——在某些条件下,但他们相信作品。"

当有个刚到的人喊道:"艺术应当提出问题,扰乱观众,而且艺术是一种主体的、暂时的概念"时,我们感到脱缰的马儿又要兜回出发时的围栏了。我看了格列佛一眼,低声说道:"相对主义……"然后我们就悄悄退出了讨论。那位女士尽管娇小,回答起问题来却威风凛凛。我们对从头开始这样的讨论有些意兴阑珊。我无法阻止自己拍拍那位带着小帽子的先生的肩膀,并温柔地问他:"那根线和夹子是做什么用的?""防风用的,"他回答道,脸上带着腼腆而狡黠的微笑,"我把它们固定在我的大衣领子上,这样就能留住帽子了。"

从图书馆出来时,我们听到一位博物馆的雇员对他的同事说:"不知道是不是要开一个网上论坛……""好啊,我们可以在每个展厅里,每个展览上,甚至在图书馆里都放几台电脑,让人们表达自己的观点。这是个好主意。""是的,很有互动性。"而我却觉得,格列佛和我肯定同时想到,这是个典型的好主意,只不过会导致些蠢事。

幸福并不愚蠢

今天早晨在地铁上可真是享受。在换乘的时候，我看见一个年轻女孩弯腰捡一串钥匙，然后在乘客间奔跑着穿梭。她跑得可真快，像支箭离开了弩一样。最后，她总算追上了钥匙的主人，把钥匙交还给了他。然后，她看了看周围，有些疑惑，因为她在跑过去的过程中穿过了好几道侧门，现在不知道该怎么回去了。我本想称赞她几句，但还是打消了这个念头。在车厢里，一个年轻男子把座位让给了一个老人。做得好。之后，一位音乐家一边进地铁，一边说道："感谢那么多人来到这里听我唱歌，对不起，我迟到了一点。"这真有趣。总是有几天会像这样，一切都显得那么简单而快乐。常常这样。一切都取决于我们在地铁里投射的目光。

然后呢，当然了，我一早就知道我要见到克拉拉，她答应我要一同美美地吃一顿饭，我向她保证一定有一瓶好酒。至于爱情，我们的口袋里可塞满了爱情，而且我甚至不觉得这样的幸福有什么过分。

我向她讲了最近发生的事件(智力层面上的)，那些争议，那位娇小的女士和达达主义，帽子上别夹子的先生，都一股脑儿地告诉了她。我话很多，我喜欢分享我经历的事，我希望我的爱人能够与我对话，我喜欢欣赏克拉拉。在喝开胃酒的时候，她拿出一本新书："你描述的这一恶意，这一争论的欲望，你们遇到的这些年轻人的活跃，让我想起了哲学家克莱芒·罗塞(Clément Rosset)对愚蠢的点评——我知道，愚蠢并不完全是你们讨论的主题，但听着：他提出明确地将愚蠢与不智区分开，因为他确定，蠢人并不缺乏智力，而没有考虑到这一点让他们变得危险。他写道，不智无法抓住一定数量的信息，这就是为何不智始终是沉默的。而愚蠢在天性上就爱插手干涉：它并不是不擅长，或无法识破，而是持续地发出。它不断地说话，不停地'补充'。有点像你们在当代艺术博物馆里遇到的人对吗？我觉得他们有干涉的冲动。继续听着：没有什么像愚蠢那样专注、灵活、警惕。布瓦尔和佩居谢这两个无可争辩，也无需争辩的，经历并实践了愚蠢的主人公，并不是两个麻木的人，而是两个好动的人：他们总是在追求知识，总是在倾听，总是在观望，时刻警惕着。而罗塞总结道，愚蠢是一份圣职,有自己的偶像、神父和追随者。我觉得在随波逐流主义中,也存在一种皈依的趋势,使之变得好战……"

在用甜点的时候——我认出了她的小机灵——她对我说:"很难不在首尔宫这幢建筑的堕落和当代官方艺术家们常常向我们暗示的肉体之间建立联系。对私密的展示,对色情文化的癖好,肉体形象的堕落:总而言之,这也是目前为止,一切受到赞扬的艺术的趋势,而这样的艺术很少不那么肉欲,不那么快乐,不那么以它的方式悲惨。"在喝咖啡时,她有些难以表达。我鼓励着她。我喜欢她的高难度练习:不冒说蠢话风险的人很可能就会呆板下去。"在我们的文明中,存在一个美丽的空间,人们在其中安置人们称之为艺术的物品和实践。这种艺术是一种共识的结果:鉴于一种世界观和一段历史的凝结,即人们也称之为文明的这一流动的总体思想的凝结……"

"总而言之,是个相当模糊的说法……"

"的确是这样。但我们在本能上还是能注意到是有意义的,不是吗?鉴于这样的……具体化,某些物品和实践值得被叫做艺术。这没有什么绝对的:在我们这里,插花不算是艺术,而抽象画在十九世纪也不被认为是艺术作品。艺术家们不断地发明艺术,虽然获得了人们的赞同,但这一赞同从浪漫主义开始并不总是即时的,也不总是普遍的,但至少获得了一部分同时代人的赞同。在看起来非常相对的艺术中,至少存在这种文明的精华得到了表达这一观念。不是什么张三李四的精华(普遍化的相对主义),而是全人类的精华(部分相对主义)。你觉得呢?"

"显然这有些抽象。"

"思考的方式,否则?"

"我知道。"

"否则的话,如果我们不试图评估在一幅作品中所做出的对这一文明的强烈的、集中的、代表性的表达,那么艺术不过是张三或李四眼中喜欢的作品,或者随便认定的东西,而且一切都是平等的,一匹赛马是天才的,一只手袋也是,而那些机灵的家伙耍些小聪明便把它们放到了艺术机构中去,然后这些机构便能声称这些人是艺术家,而他们的作品便是艺术的体现。"

这还是很感人的。我们一周又一周地在那里试着看得更明白,努力在这些愚蠢和启示的混合物中分辨出什么,而这是每一代人都应该做出的努力,虽然每一代人都未必能完全不受骗上当,我们自己也没法保证自己就不会弄错……然而,克拉拉回答我,在现实的混杂之中试着看得更明白一些,在大量的已知中试着加入一些秩序,这还是相当让人兴奋的。"我们为混乱谱写乐章,就是这样,就是说,我们试图组织我们对世界的认知,组织能够恢复一项真理的话语……"

"一项真理:我们又来了。"

"是的。相信我们能够思考一些更真的事,更正义的事,这是至关重要的。另外,没有人会认真相信意义的缺席,而证据就是,每个人都在顽强地捍卫着自己的想法,自己的观念。每个人,每一天,都至少会用一次'我呢,我觉得……'这样的话来开启话题。"

她给了我一个甜蜜的吻,这对使我能够忍受她接下来的话很有帮助:"其实我很理解格列佛……"这只能使我的心里产生一种矛盾的情感:我很愿意,也很遗憾她很理解格列佛。那个吻让我能够忍受这一点。"我明白他个人的痛苦,而且这种痛苦也会在我们频繁与朋友和同事接触时,降临在我们身上。我们多想,至少通过讨论,能够达成意见一致。没有什么要比只会造成分歧的无聊摩擦更让我们厌烦的了。"她都用"我们"这个字眼了!真是让人难受的默契啊。"很难解释这种特殊的痛苦,就像心里长了一根刺。我们讨论了一晚上,最后常常会继续一个人独自理论,然后发起脾气,或者对听到的谬论和那些没有及时想到的论据捶胸顿足。这些是在争论之后还留存的小小的内心褶皱,就像床单没叠好会硌到背一样。要知道,还有些人在同人交往之后是毫发无伤的!"

"你说得对。"不过这其实并没有让我很高兴。"格列佛说,他为此写了他的那本《大随笔》,为的是得到些安慰,因为在一般的社会交往中,他常常面临视角的不同,由于误解和分歧,和尤其是价值观的对立而造成的偏差——这让他十分难过。他打起精神,试着用能够服人的方式表达自己,而写作时的平心静气让这成为了可能。"

"然后,为了承担他的责任——瞄准他所相信的事物。"

她起身去放起了音乐:那是她喜欢的女声。我总是想不起是哪首歌。当我不知道的时候,曲子总会更让人陶醉。任何嗓音都向我诉说着克拉拉。这就是醉人之处。

我们可真快活。歌声与我们的心情颇为合拍,它轻柔而安宁地在我们的身体四周游荡,穿梭,填满了整个房间,然后,突然就像一条小溪一样疾行而逝,离我们远去,但又调皮地转了回来,机灵又温柔,膨胀着,强大又美妙,叫我们沉醉。音乐就像克拉拉身上的那股生命力,那是一种充满活力的能量,照亮她的生命,辐射到她的身边人——辐射到我的身上,我就像坐在贵宾席里,能够优先品尝到这份快乐,它并不忽略灾难、丑恶和痛苦,但它统治着后者,因为克拉拉觉得,每天都能够重新发明快乐,她说这就叫做身为人。幸福可不愚蠢。

致命的群居欲望

"幸福,幸福……我不知道。这不是给我的恩赐。"格列佛对我说。

"这不是恩赐,而是工作。这是一件活儿,生命的活儿。"

"好吧。对我来说,还是明智更加重要。"

"然后呢? 明智排斥幸福吗?"

"你看到刚刚过去的那个世纪了吗? 那可没什么拿得出手的。威廉·赖希(Wilhelm Reich)①的渺小的人唱起了主角:斤斤计较,奴颜婢膝,欺软怕硬,相互残杀。赖希沮丧地注意到,二十世纪的人以自己在道德和智力上的卑劣,以及对屈

---

① 威廉·赖希(Wilhelm Reich, 1897—1957),生于奥地利的美国心理学家,曾于 1948 年出版英语著作《听着,渺小的人!》(Listen, Little Man!)。——译注

服的偏好而著称。读一下他的文字:痛苦到令人心碎。幸福可真是辛苦的学派。"

我在这里不得不打断他了。我什么都不知道,我的思维很慢,但有确信的两三点,尤其是关于幸福,其可能性,并且如果人们尝试将我的活力归到布瓦尔式(或是佩居谢式?)的热情的话,我会抗议的。于是,我不得不告诉她(但这不是第一次了),幸福要营造,每个人显然都是从一开始的灾难出发,与其擦肩而过,经历过,或深受其威胁,才得以打造自己的存在。"黑暗地看待一切就等于戴上不合适的眼镜,然后不由自主地发脾气:这是一种随波逐流的姿态,哦,是一种个别人的随波逐流主义……"

"你差不多用的是逆喻。"他冲我说道。

"……这种个别人的随波逐流主义声称没有什么能影响它,他什么都明白,或者说明白许多事,虽然看起来不怎么样,但一副机灵样,似乎摆脱了时代的平淡乏味。"

"坦白说,如果的确存在一种极为当代的随波逐流主义的话,那就是幸福法则了。你已经看到书报亭的景象了:所以杂志都在解释说,必须要幸福。"

"打折的幸福,低贱的享乐主义,义务享乐,宠爱自己的身体,满足于小确幸的状态,让自己受朋友喜爱,懂得选择放松地度假,选择伴侣,选择美容产品,选择享受——我知道,我知

156

道。你以为我会说其他事,说一种与消费毫无瓜葛的状态,一种让我们对任何事、我们自己,还有孤独、我们眼前的乡村、城市、人文风景都无法满足的内心状态。我说的不是懂得消费,你要知道,我说的是哲学,是智慧,是智慧地生活。"

"也就是幸福地生活?"我说道,"这可不是说决定就能决定的。"

"你说得对。我跟你说过,我把这当成是一个活儿。这其实要求一定的明智——至少是自知之明——和坚持不懈。"

"但你知道,我好像生活在一片汪洋中,抵抗着四周的潮水:如此糟糕的世界是一桩个人事务,让我的内心也感到糟糕。"

"幸福在一边营造,并包裹着这种痛苦,也不阻止它。这就是活着和懂得,这让我们幸福,甚至置身混乱之中也一样,而即使身处混乱,我们也该遵从自己内心的信念来行动。"

他沉思了一会儿。这不是我们第一次提到这个问题了。我确定等时间长了,我最终还是能够在他阴沉的思想秩序中扰乱点什么的。我们刚刚在一家宜人的咖啡馆落座,开始吃午饭。尽管这家咖啡馆在白天脏兮兮的,但我们在那里度过了一个散漫的晚上,那是一个礼拜四,我们当时在怀疑我们的主题,并与我的那个患有震颤性谵妄的流浪汉的二重身讨论来着。我想核实一下,夏布利酒是不是和那天晚上一样可口。

格列佛喃喃道："我们看吧。我年纪上来之后，大概会开始觉得自己幸福过吧。"

"是的，因为我们永远不会知道过去为我们保留了什么。"

我们大笑了起来。但他重又阴沉下来。

"你看，由于我是混乱的一部分，由于我身在其中，是其中的一分子，我应当为混乱的局面，为我们的存在，为我们所造成的后果负一部分责任。如果我对我的同胞们的行为毫不感到痛苦的话——你知道，大家都知道，即使每个人都不任其表达。从流言漫天飞舞，遍布报刊、电视节目开始，就能听到这些干嚎——，如果我不感到痛苦的话，我就会喝点好酒，就会尝试些新食谱，也许还会追求克拉拉。"

我的耳朵可能听错了。但也许没听错，因为他噗嗤笑了出来。

"在这样的不幸，这样的乱糟糟，这样的乱套场面中，我承担起我的思考责任，并写作。"

正在这时，这真是令人难以置信，一个熟悉的声音在我们背后响起：

"这让我想起萧伯纳的一句话：我一点也不欣赏驯兽师的勇气。一旦进入狮笼，他便至少能免受人的侵害。我很高兴又看到你们了，先生们，你们可真爱聊天呐。一点不像赖在这里的那些酒鬼。"

从他的引用来看,他可不像是个二道贩子。他是真有些各种各样的存货。这很蠢,但我也很高兴能再见到他,尽管在午夜时分,他显然已经有些醉醺醺的了。

"您真是存了些厉害的名言啊。"

"这就是对话的精华,不是吗? 当你说出一句名言时,你可以确信至少说了一句聪明的话。而我呢,我和我哥哥不同,他声称最好闭嘴,摆出一副傻样,而不是在说话的时候证明自己是真傻。我喜欢对话,尤其是和聪明的人对话。这也是我的问题所在:我很渴望成为对话人,但这个职业并不存在。于是,我就在各个咖啡馆里流连,在那里我能遇到跟我分享这个受到阻挠的使命的人们。"

格列佛问他,摩擦和分歧是否并不会让他难受。

"啊! 一个好的对话人应当穿上能够抵抗这种痛苦的铠甲,否则他就会被迫回归沉默。我还是要向你们承认:我有时也会,当我⋯⋯我不知道,有时也会有些情绪,也会被跟我说话的人的言论伤害。"

"也许当您特别清醒的时候?"

"清醒? 这是什么想法。我一直是清醒的。"

这就是酗酒者的问题:他们会说谎。我和格列佛从不会喝醉——我说的是真的。这一次,这位仁兄并没有送我回家,因为我们回到了我们的打印店。

克拉拉在晚上有点让我不安:"聪明的格列佛并没有获得快乐的智慧。但他也许以后会获得,因为他这人挺机灵的。我很想见见他。我想跟他谈谈责任感这个问题。我觉得他肯定会同意我的说法,但我想确认一下。"

"我已经跟他说过了。"

"另外,我感觉这个问题会成为所有人的中心问题。这也许是我的幻觉,但我就是这样理解二战研究所进入的新阶段的。"

"啊?"

"第一个阶段揭示了一个极权国家的运行,恐怖的机制,灭绝机器的启动等等。今天,似乎人们对导致普通个体参与其中的精神过程更加感兴趣:人们尝试理解对权威的屈服机制,以及抵抗机制。而我观察到,这一关注不仅出现在了哲学家中间,也为历史学家所思考,或者说,他们至少在今天提出了这些问题:比如说,我读了伟大的劳尔·希尔伯格(Raul Hilberg)的一篇访谈,他的主要作品《欧洲犹太人的毁灭》(*La Destruction des Juifs d'Europe*)刚刚被重新编辑出版。他说他为毁灭过程中,'邻居们'如此严重的消极性所震惊,他甚至认为,积极的反犹主义并没有在其中扮演多么重要的角色:消极行动和冷漠要负更大的责任。"

"其他人强调的是在人群中普遍化的反犹主义……"

"我知道。这么说吧，我们可以想象一个广泛扩散的反犹主义背景，为的是允许'邻居们'保持消极沉默。希尔伯格还强调了在种族灭绝过程中，高级领导人的指令的缺席：那些决定看起来是由自主性很强的官僚体系所做出的，它所做的超出了人们对其的要求——这无法不让人联想到维希政权拥护者们的高涨热情。你明白这是什么意思：在一种显然能被描述为桎梏的情况下，还是能够游走在边缘，但这却从未被尝试。人们没有用任何方式抵抗，人们甚至走在了体系的意愿之前，虽然这样的人未必是狂热的反犹主义者。甚至一架极权机器即使再被缩减，也会有些花招，难道不是因为，为了实行某些行动，就不能太过缄默吗：你知道那个例子的，现在知道的人很多，就是 101 营后备警察？ 他们不过才五百来个人，就像历史学家克里斯托弗·布朗宁（Christopher Browning）所说的普通人，要对东欧三万八千名犹太人被屠杀负责。女人、婴儿、成人、老人，一个个被杀害，卡宾枪的枪管指着后颈，脑浆和碎骨在凶手面前爆炸——场景如此恐怖，所以才在他们第一次完成他们的骇人职责之前，由司令官要求这些几无政治素养，碰巧被分配在一起的中年工人、手艺人和办公室雇员这样的普通人所组成的预备役军人来做这件事，如果他们愿意的话。他们当时可以自由选择是否完成这项灭绝任务，他们假如拒绝，也不会被处罚。结果：只有百分之十的人没有去。"

"他们是自由的,也是同意的……"

"显然有一种普遍化的恐惧正在统治,这一恐惧肯定会促使对'正确回答'的超越(也就是人们认为权威所期待的回答,而人们也因此预先屈服)。人们不应忘记这一点,这甚至是恐怖的原则。但接下来,有些人还是可以逃离,而且也没有被处罚。人们可以这样做。几年之后,当人们质询那些刽子手的行为动机时,他们回答说,他们当时不想不合群。真是疯了,不是吗?几乎毫无自主性,甚至没有尝试冒一点点风险来逃脱这样可怕的行径。"

"是的,这就是合群欲望的巅峰。"

"我们还可以列举特雷布林卡集中营的司令官弗朗茨·施坦格尔(Franz Stangl)的例子。他从来没有真正同意过纳粹政策和集中营政策,但他害怕自己的家庭受到牵连,而且也认为任何反叛行为都会给他带来性命之忧,而他的死甚至不会在体系这潭池水激起任何涟漪。然而,他知道,他也说了,其他人也曾要求离开类似职位,却没有为此不安。这并没有阻止他确信自己的行为受到限制。因此,他始终认为自己是无辜的,就像大部分声称自己一心服从、只为履行职责的纳粹高官一样。"

"普利莫·列维(Primo Levi)让我们警惕:对在极权体系

的限制下行动的个体进行道德审判是不谨慎的。此外，我们很难预设一个英雄主义任务。"

"大幸的是，法庭并不根据心态，而是根据行为来评估责任……无论是否受限，是否感到内心踌躇，人们总认为他们是有罪的。要核实施坦格尔的情况，就要动用到齿轮的不可阻挡性：人们从接受一件小东西开始，一个小谎，或一次微不足道的胆怯，然后，不断前进的机器便开始无可挽回地钳制我们。常常会是这样开始，先是害怕假如不执行希特勒的命令，或者假如拒绝扛起大旗，人们会使自己显得太突出，而这样一来，人们便从一个岗位到另一个岗位，一步步地妥协，最后成了集中营的司令。你难道没看到——我承认是被我逼的——这与你的关于随波逐流的问题的关系吗？"

"我明白你想说什么，但你是不是太夸张了，从这样极端的情况出发去思考随波逐流？"

"当然，这些情况是非常特殊的——但要知道，在这些情况中，唱主角的可是普通的个体。我是因此才联系到你们的主题的。一种道德立场的后果是根据时代而变化的：在民主时期无甚意义的，会在极权政体下变成悲剧。但是，说道德过失即使并不会招来类似刑事处理，也是大同小异的，这难道不对吗？人们难道不是更理解在极端受限情况下的行为吗？同时要考虑到在和平时期的随波逐流倾向,而且反之亦然。我没有答案,但这仍然是一个值得提出的问题,不是吗?从这个意义上来说,我觉得有趣的是,今天,这一关于大屠杀的思考的第二阶段尤其对消极、屈服权威,也就是自愿奴役,或对其最高阶段的随波逐流这样的现象特别感兴趣。这对目前道德思考的状态来说是件好事。"

我亲爱的克拉拉有时非常苛刻,让我有些惊慌,但同时,我觉得我深深地爱着她这一点。这就是逆向诱惑。我说:

"我还想知道,这是否就意味着人们从本能上就懂得,过去的极权国家套路,也就是二十世纪的套路,在今天已经不怎么可能了,而这一阴险的极权主义形式,普遍化的随波逐流,即全盘接受全球市场法则施加在我们头上的这个世界的样子,在一颗臭烘烘的、破败不堪和整齐划一的星球上,这一极权主义正在真正地威胁着我们。这些天,有一位极为活跃的政客说:问题并非知道全球化是好还是坏,而是明白我们是否准备好了,以及我们是想成为赢家,还是输家。人们既不讨论,甚至也不思考,就只是试着成为赢家而已。"

"这里可以找到一切屈服行为的根源,而这些行为是建立在所谓的显然的必要性,或一种超验理性的基础上的。你会觉得我还是在夸张,但这让我想到施坦格尔所给出的答案,当时一位记者问他是否本来可以让被关押在集中营的受害者赴死时的条件不那么恶劣：不，不，不行！这就是体系！因为体系正在运行，所以是无法推翻的。"

爱情，激情地随波逐流？

我没法拒绝她：她想见见格列佛，于是我就在我家安排了一次晚餐。我家没有他家舒服，没那么自在，没那么温暖，因为我家的书少一些，而且说起来，书即使没有读过，也是房间装修的重要元素（或者如何针对一个聪明的对象说愚蠢的话）。他们两个只在咖啡馆里见过三四次：我费了好大的劲准备了这顿晚餐（虽然谈不上十全十美，但也不小气了，符合晚餐的标准），我把我的伏旧园葡萄酒都拿出来了，还贡献了几道最精致的菜肴，一张绣花桌布和水晶器皿。根据最随波逐流的传统，桌上这样摆是相当雅致的。

克拉拉很满意，很自在，但我觉得格列佛似乎有些笨拙，有些保留。我这么觉得。克拉拉说："真是完美的安菲特律翁！"好吧。我没有读过普劳图斯，但我读过莫里哀。安菲特律翁就是那个妻子被宙斯扮成他的样子而抢走的倒霉家伙。好吧。

　　他们聊了很长时间的音乐。好吧。然后是聪明的愚蠢。格列佛提到了统治一切的审查，我们的这个被"要幸福啊，当赢家啊，让她快乐"这样的命令编织而成的世界："我们的自由是十分相对的。要自由，这还是一个命令。然后是各种货色的警惕者，那些虎视眈眈的正统之士……坦白说，我不觉得我能自由地说出一切我想说的事。"对话不停地转向，一个接着一个的主题，当提到责任感的问题时，对话蒙上了一层厚重感，除了这个问题以外，他们都达成了共识（这让我想起格列佛曾说我有多喜爱一致，就有多喜欢亲吻。好吧）。然后，他提到了性方面的问题（看吧，看吧）。他说："人们感到有一种机制随着我们已经提到的一种进程失控：有一个世纪将欲望置于我们的生活中心，首先要感谢精神分析理论，然后是女权主义和六十年代的那些诉求，这次颠覆性运动从整体上修改了生活的构想方式，将快乐变成了美德，赋予身体以尊严，为享乐，而不仅仅是工作与努力正名——你可以说这是对幸福的恭维，他冲我说道——，简而言之，我们最后会有一个印象，那就是通过生产各种化身的随波逐流机制（将前几代人在智力方面的先进性用简化的方式在之后促使其繁荣），对欲望和享乐权力的自由性诉求成为了一项强制性命令。"

"你说的都是对的，"克拉拉说，"以至于在今天，甚至存在一些要求无性的个体。他们解释说，他们没有任何欲望，没有任何性活动，而且这样的话，一切都是无可挑剔的。我很难相信，性只是一项主动或非主动的选择，开或关，但无论如何，他们都卖弄似的展示了，'一切皆性'已经成为新的需要颠覆的标准。"

　　"是的，这是肯定的。"我说道，"当一切都被做了、说了、展示了，那颠覆的最终环节便在于什么都不做，将性淘汰。我们也看到了对共同体的诉求正在愈演愈烈。人们一旦认为自己属于某个群体，哪怕只是出于共同的兴趣爱好或性情相投，就会成立个团体，而且还要广而告之，要整个世界都相信他们的小小不同：'这就是我，我的选择。请对他说好的，好的。'"

　　"某些人还注意到，"她继续道，"关于性的图像和话语越变得有侵略性和不受约束，人们就越会立法和惩罚人们认为异常的事，尤其是恋童癖和性骚扰，好像应该维持平衡似的。"

　　"我觉得我察觉到了这一意识形态的一个真正后果，"格列佛说，"在夫妻之间。"我感到非常不自在，都想对他说"那你又知道什么呢，你知道什么是夫妻?"，因为我从来都没见过他和谁保持过稳定的关系。但我还是沉默了：人们永远不会看到我以他有魅力为借口而攻击一个平静的人。"我觉得欲望的统治将情侣关系逼到了二线，而且在今天，假如一对情侣之间的性行为减少的话，他们就找不到任何继续在一起的理由了，这在我看来，在哪里都无法补救。"

"很难评价。"我颇为谨慎地说道。

"甚至没有可能。"他息事宁人地回答我。"但这只是一个印象。也许还有一种爱情的随波逐流……"

"肯定有。"克拉拉打断道，"不知道为何爱情会不算在集体表现中。"

"……今天，随波逐流倾向于赋予性以特权，而轻视情感，把激情与爱情对立。"

"我真的无法，"我说道，"不把欲望放在存在的中间位置。你也许想指责这一标准化的，必需的，被各大杂志大张旗鼓地谈论的性，为夫妻增加新情趣。"

"而且还附有仿佛张着血盆大口的生理欲望的图像，作为这一联系的唯一证明。欲望、欲望……爱情，包括其暗示的默契、长久、信任，这些都毫无价值吗？"

我感觉他在说话的时候更多地看向了克拉拉，好像他在向她建议什么，或是在发出邀约。可能我这时已经喝了太多了，而焦虑不安也让灌下去的酒变得突然沉重起来。像我这样的大胖子，积极称颂欲望，渴望将克拉拉占为己有……好吧，我只是有点壮，不算胖。

"如果我们诚恳些，"克拉拉一边热切地看着我，一边回答道,"我们还是很难看到如何能在强烈的欲望所带来的乐趣,与让生命颤抖、为其平添一种宜人的鲜活气息的强度之间找到平衡——因为,要承认,达到顶峰的欲望让人有一种无与伦比的活着的感受——,在这一烈爱与长久的爱情之间的平衡。这个问题很可能从来没有像在我们这个良性平等和推崇欲望的时代这样被如此残忍地提出。而我并没怎么见到令人满意的答案。"

我感觉她正在解释为何她要用对自身欲望的诚实来结束与格列佛的聚会。他们对二十一世纪的爱情状况小小地讨论了一番,却没有下任何结论,当时我正在收拾桌子。我变得有些阴郁,而格列佛冲我说道:"好吧,小伙子,似乎幸福也不大开心啊。"——太简单了。街上突然传来一声喊叫:"你想玩什么?"我的流浪汉回来了。"呃!什么都不玩。"格列佛喃喃道。他发出了一份没有日期的邀请,想请回我们一顿晚餐,然后就走了,带着他的英伦优雅范儿,甚至有些做作,看起来对这个傍晚很满意。克拉拉留了下来,但他答应最近几天要借给她一本书——我对爱情有一个极为过时的观点,不完全是随波逐流的:我绝不分享爱情。这不是一个原则:这是因为我可怜的心十分脆弱。我很不好受。

去林中漫步吧

"哎,"克拉拉在早餐时对我说,"今天是圣波利卡普日。"

"你得向好多朋友祝贺节日快乐吗?"

"不少。"她皱起了鼻子。"这是你们的圣人呐,大傻瓜!你不会不知道吧?"

她有时会说些让人难以理解的话。我傻里傻气地看了她一眼,她便只能解释起来。

"哎呀呀!你就像个愚蠢专家,一点不着调。"

"是啊,不过只是迟钝……"

从那次三人晚餐开始,我就再也不觉得得意了。我也许错了。

"这是福楼拜的圣人,想想看。人们很早就在他的书信中见到了。圣坡旅甲是传教士约翰的弟子,他对他同时代的人的不虔诚感到绝望,呻吟道:啊！我的上帝,您把我生在了什么样的世纪啊！他其实是公元二世纪的人。他是福楼拜偏爱的圣人。福楼拜声称,波利卡普在说这些话的同时,将耳朵堵上逃走了,就像他本人在愚蠢面前也想这样做。"

"不能说格列佛和我把耳朵堵上了吧。"

"你们也没逃啊。"

"永远不会！正相反,我们会大口品尝这个时代,永不厌倦。"

"啊,我确定你们即使不渴,也会喝的……"

"如果我们因为害怕喝醉而很快停止思考愚蠢和随波逐流的话,那么我们应该早就得出了我们能够得出的结论了。即使有些缺乏条理。"

"那我们到底发现了什么——假如你同意把我算在其中的话？"

"我们三个识别了一些愚蠢的机制,或者是使人省略地思考的机制,比如条件反射,懒惰,流行思想,美好的情感,还原……"

"我们也定位了一些随波逐流的概念或实践,比如相对主义、对审查的恐惧、请愿、反动……"

"这就是对思考的鼓励。无论如何,我们从未预先想到从中提取一个合适形式的理论。"

"你们两个应该从中提取一个讽刺。"

"我不是这样的人。"

"这取决于你怎么理解。你知道,在讽刺(satire)一词中包含了一种混杂的文字,至少从拉丁语系开始,便多多少少恶毒地嘲讽着同时代人的各种过失——这是一种在形式上有很大自由的体裁。但也必须考虑到与希腊语词根的神秘联系,萨提尔(satyre),你在这个词根中会找到酒神狄奥尼索的同伴①,看,这就是了。"她调皮地补充道:"我讽刺地爱着你。"

我们去洒满阳光的大街上走了一下。我不知道我是不是应该开心。我的心沉沉的。克拉拉和格列佛之间会不会有什么情愫?甚至见证我们爱情的小广场都让我难过,而不是让我着迷。一切会联系到我们两个的想法都让我难受,而且我想我已经决定以后再也不听音乐了。但我还是继续高谈阔论着,好像一切都很好,我喋喋不休着,仿佛再也没什么可失去了,语调也有些轻微的幻灭,甚至愤世嫉俗感,我就像个大少爷,虽然要堕入深坑,但头也要抬得高高地,要很有尊严。

"我喜欢的型,"我说道,"是格里戈里·佩雷尔曼(Grigory Perelman),你看。"

"不,可别。"

---

① 萨提尔外表像山羊,是希腊神话中狄奥尼索斯的同伴。

"这位四十岁的数学家刚刚获得菲尔兹数学奖,这个奖相当于数学界的诺贝尔奖。"

"是的,他解决了一个我也不知道是什么的很厉害的问题。"

"庞加莱猜想曾被美国一家颇负盛名的数学研究所指定为千禧年七大问题之一。这家研究所承诺,解决其中任何一个问题的人都将获得一百万美元的奖金。"我拿出了我的笔记本。"你想了解这个猜想吗?"

"你知道音乐与数学之间有些千丝万缕的联系……"

"假设一个无边界的三维变元 V。尽管 V 并不与三维空间同胚,但 V 的基本群可能等于零吗?"

"……至少这个猜想与古希腊时代有些类似。那与你们有什么关系?"

"好吧,佩雷尔曼通过网络发出了一些指示,似乎证实了他简略地,或者说直觉地,我不知道该怎么说,解决了这个问题。但他只是给出了一些指示而已:接下来,是全世界的数学家从这些指示出发,精心计算,才完全解决了问题。这正如我们与聪明的愚蠢之间的关系:我们提供了指导线路,而其他人发展了细节。"

"你把我们说得真伟大。"如果她知道的话,我悄悄地告诉自己。"当然了,他并没有要求获奖吧?"

"也没要那一百万美元。似乎他从他的数学研究所辞了职，与世界都断了联系，只为全心全意投入在自己的热情里，在俄罗斯的森林里漫步……"

这让她开始做起梦来。我觉得我常常自夸。在发现新鲜事方面，我前几天看新闻注意到，教学软件受到了质疑，几个月前呼吁决裂的某位右派人士已经修改了他的言论，谈起了开放，各种愚蠢而随波逐流的游行层出不穷，一个接着一个地上演着。这些例子很快就没用了……问题是：我们是否至少描述了有些稳定的愚蠢机制？无论如何，克拉拉说得对，从这一切中可以看到，唯一负责任的态度就是警戒：愚蠢正在进步，因此总是能够不知不觉地抓住我们，因此，必须不断地重新检查我们正在思考的事，必要时将其扫地出门，也许还会再次堕入随波逐流的陷阱，那就要重新审视，重新清扫……

四月正在逝去。几天前，我应该还觉得这个小广场十分迷人。五月的承诺绚烂夺目，种子会发芽，花儿会早早盛开，叶瓣鲜绿柔嫩——但要是克拉拉不再爱我了，春天又有什么好呢？当我把头埋进双手时，她捧起了我的脸，问我出了什么事："你看起来很不好。你得告诉我你到底出了什么事。"于是，我一股脑儿地把什么都说了出来，焦虑、嫉妒、害怕她会跟他走……她看了我很久，有些惊呆的样子，也许是嘲讽吧，然后她对我说："我知道是出了点毛病。格列佛把你弄得傻乎乎的。所以你是把他当成是第二个你和你的对手了？"

"只是在爱情上。在其他方面，他是我的师傅，我非常钦佩他。"

"好吧，你那么钦佩他，都把自己给贬低了。我呢，我很欣赏他的谈话质量和他的激情。但我选的是你，是你（她用力将她的两根食指按在我的锁骨下方，敲了一下，让我后退了一又四分之三毫米），你舒服的肩膀，你对感官享乐的天生向往，你眼睛里闪耀的快乐，我爱的是你，当我看不到你的时候，想念的是你。"她将落在颈边的迷人卷发拨了一下，然后低声说道："还有，我想跟你说件事：我们住在一起怎么样？"

"三个人一起？"

她向我投来了阴沉的一瞥，一边哼起了《夜后》。而我得承认：当我将她拥入怀中，抱着她在空中转圈时，我笑了，真的笑了，傻傻地笑了。

后　记

　　昨天又开展了一场艰难的讨论，我重新检查了智力的随波逐流主义热情。我对自己说：假如我干脆停止讨论呢？假如我愈发保持沉默？这还是很可惜的。要不我写些惯常的心灵鸡汤？当我们深入了解了某桩现象，伤害就会小一些。试着了解，或者至少试着描述吧。

2005 年 1 月 2 日注

智者的愚蠢

　　我常常想，如果人们能光说，光谈话的话，我就不会写散文了。我肯定是夸张了，但我曾借着虚构的名义讲了一件轶事，这才迸发了写《智者的愚蠢》这本书的想法（其实我都想过再也不写随笔了——之前的那两本集子已经清空了我的随笔槽):之前刚刚看的一部戈达尔的电影着实激怒了我。我跑到朋友家,想说说这部电影,听听他们的说法,想着思路说不定能开朗一些,或者开朗不了也说不定——总而言之,我很渴望展开讨论。但他们拼命告诉我说,"我们可不能挑戈达尔的刺啊……他这样的大人物……他的大作……",于是一切交流观点的念头都被打消了。我和往常一样回到家,带着满肚子气,唯一的发泄方式就是将这些全都记下来,再构思一篇散文,可以把我认为的"智者的愚蠢"好好描绘一番,直到我发现这个标题已经被人用了。

这本散文集很快就写完了,因为我的想法在很久以前就已经到位了,只要组织一下就好。难的是找到合适的语气。怎样在描写愚蠢的时候不漏出反感的语气呢?毕竟我本人总是被那些带着反感的态度谈论愚蠢的人所激怒,而且我不太赞同那些爱讥讽嘲弄的人。有人说不定会在其中认出自己,怎样不激起他们的强烈抗议呢?然而,我并不想嘲笑,而是想建设(老派风格),希望我的作品能有教育意义,而不只是为了平息我的怒火。光是确信——正如我之前那样——我本人也会堕入所有我描述的过失之中:我得让读者们相信,我采取了"谦逊"的立场,得让他们从头读到尾才行。我的做法获得的成功超出了我的预计。广大媒体作为智力的随波逐流主义的沃土,并没有说这本书的坏话,甚至还庆祝了一番,虽然它第一个将矛头对准了媒体。某日,一位记者邀请我来到电视台,微笑着对我说:"啊,您知道的,我们在读您的书的时候都想自杀!"但他还是邀请了我……

说话,好吧,我很喜欢说话,我总是觉得,试着传递自己的知识和想法是真正快乐的事。我的这种爱好遗传自我的父亲,他在孩子们面前,一直是一位充满热情的教育家。我把这个爱好叫做"我的教育热情"。对我来说,为了我的听众,让原本并不清晰的事变得尽可能清晰一直是一个有趣的挑战和游戏。

我也喜欢倾听,一般来说,我甚至更喜欢听,而非说,因为我自己的话很少让我吃惊,但他人的观点有时却包含了美妙的惊喜,能够打开智慧的大门,多亏了这样的观点,我才能构思新的理念。丰富自己要比表达自己更让我渴望。我还要补充的是,我喜欢改变想法,因为被相反的论点说服让我觉得世上存在着一个超越我自己,我们自己的真理。而且当我们真正地思考,当我们努力推理时,我们就能将真理昭示天下——相信一段话并不只是一种意见的总结,或代表说话人的特异体质,这是精神的极大乐趣。

大家会明白,我喜欢思想辩论,而且我感觉我有义务通过写文章来为一座城市在每个时期内所发生的大讨论作出贡献。我从蒙田那里学到了怀疑,学到了不疾不徐地,以读者的角度来谦逊思考,绝不盖棺定论,试验①我的建议是否有效,从每一个角度对其进行研究(人们交谈,互斥,这能够为我所用)。我并不愿意我的随笔只是摆满精美食物的货摊,我想邀请读者和我一起进厨房。我猜想笛卡尔是由蒙田培养出来的:也许他从后者那里学到了安排摆在面前的理念,将其拆解,观察其内部结构的方式——要是还站得住脚,那就把它重新缝起来留着。

我对辩论的爱好在我的大部分随笔中都表现为对对话这一特别形式的使用。这在《僭越的感觉》里已经初现端倪,其中,"你"作为叙述者在话语中心承载着对话的原则,并在接下来的每一个话语中自我确立。在《智者的愚蠢》中,我将两个主要人物搬上舞台,他们不停地讨论,同时不断将他们的想法与周遭世界的理念相碰撞。因为谁会那么蠢,会自我感觉好到不会强烈地想不拿自己的信念去碰撞他人的信念呢?这是个修辞问题:一群既不懂得倾听,也不会停止说话的人就会愚蠢成这样。在我们这个聪明人的社会里,大交谈者少之又少。

尽管标题是这样,但我的随笔的真正主题并不只是愚蠢,

---

① 原文用的动词是 essayer,意为"尝试",其名词形式为 essai,还有"散文"、"随笔"之意。蒙田的著作 *Les essais* 现常被译为《随笔集》,但其第一位译者梁宗岱译为《试笔集》。——译注

随波逐流主义占有同样的位置。因为到底是什么会让我们在没有时间思考的时候能够快速回答,不假思索地让话脱口而出呢?如果不是既成的,现成的思想,事先想好的,事先判断好的偏见呢?如果随波逐流主义只是代表精神未得到良好的培训,缺乏修养,无知无识的话,那我们就不会那么难过了,我们会对自己说,"要是能得到良好的教育,那就好了"。但当那些最优秀的人都屈服于随波逐流主义(诚实地说,就像我们自己总是会变成的那样)时,那真是令人难过。

交谈的艺术

长久以来,我总是想象自己有身为文学沙龙女主人的职责。我欣赏,也认为自己身负这一法国人对于交谈的热情。德·朗布耶夫人(Madame de Rambouillet)发明了文学沙龙的原则和框架,启蒙时代和十九世纪的贵族夫人们所举办的沙龙又将其发扬光大。我常常会想到在斯达尔夫人的沙龙里,她是如何与邦雅曼·贡斯当把交谈变成一种卓越的艺术的。在《论德国》中,她写道:"这是一种人人相互作用的方式,相互快速取悦,想到什么便说什么,享受自己的当下,毫不费力地获得掌声,用尽各种微妙的口音、手势、眼神来表达想法,主动制造一种触电反应,让交谈迸发出火花"(第十一章,第一部分)。

这段描述真是叫我拍案叫绝！然后，我某天明白了为什么，我不仅从来没有成为沙龙女主人，而且还恰恰相反，我还动不动便在社会中"被撒在院子的角落"：这是因为我们无法说话。亦或者必须要就内容——在随波逐流的话语面前保持耐心——，但尤其是就形式来斗争：为了抢到或保留话语权而斗争，无视喧哗、打断、大家共有的狂热的表达欲望，"我我我，我觉得"。一般而言，我们比起表达自己的意见，没有那么喜欢交换想法，我不认为我说错了。这就可以解释我们的急切，不合时宜的插话。然而，好的交谈者的第一优点就是耐心。让其他人将自己的想法表达完整，不要"想到什么说什么"(希望这么说别惹恼了斯达尔夫人)，不要让正在找词的人不安，让他感到有被打断话头的危险。简而言之，这些我们都懂得，毋庸置疑。但谁实践了呢？词汇的缺席也很可能源于此：交谈者这个词并不存在。如果说唱歌的人是歌者，雄辩是展示自己的才华的人，演说家独排众议(所以人们打断不了)，那么交谈者一词本来应该可以指实践美妙的交谈这一集体艺术的人，这样做无可挑剔，但这个词却并没有得到使用。

我认为好的交谈者是一个耐心而有信心的个体。他知道他一定会得到话语权，而且他同时还乐于倾听。好的交谈是一场平静的交流，每个人都在其中拖延，而这却绝不会将热忱排除在外。此外,当我们确定能够开口时,我们就会想更好地准备自己的反驳,尝试尽可能精准和简洁。

虔诚的愿望——并不考虑坏的、冷酷而毁灭性的热情的存在:矛盾将大部分交谈都变成了类似搏击的运动。这样的热情与对一致的热情一样强烈。从第一章开始,格列佛就肯定地说"我有多喜爱亲吻,就有多喜欢一致"。而且他还强调了真理(又是真理)的美妙印象从达成的一致中涌现。但是,我认为我并没有足够强调对矛盾的热情,我们对其的喜欢要超过亲吻。另外(怎么想呢?),我在翻阅资料过程中,发现我只用了两次"矛盾"一词,这让我非常震惊。

当然,我们每个人都是受到了矛盾运用的教育:命题、反命题、合题,这是学校教我们的,而且面对一个理念的表达,尝试核实其是否可靠并不傻。但我以一种系统化的、热情的、狡猾的态度谈了其他事,鼓励人们去倾听,并寻找缝隙可以让矛盾钻进去。我甚至认识一些人,他们开口就是为了反驳:当我对他们说话时,我知道他们会反驳——我要是忘记了,我就会说出一个不幸的想法,就像一只蚊子撞到了电蚊拍(您也许认识这种致死工具,在南方很有用)上一样煎熬。他们并不愿意进行微妙的区分,或使谈话往前进,或者甚至不愿意达成共识:他们就喜欢反驳。请观察他们眯起的眼睛,兴味盎然的神情,我们要仔细听听他们的言外之意:

"你这样想,但其实……"

"我呢,我不会伪善地接受你的话,正相反,我觉得……"

"看得再远一些,我有个想法,但你没想到。"

我猜想他们自以为看起来很聪明。

但通常的反驳者——偶尔为之——为数众多,而且对交谈也危害不小。我们可亲的蒙田已经说过:"我们学着辩论就是为了反驳;人人皆反驳,人人皆被反驳,于是辩论之果便是真理的丧失殆尽。"(《随笔集》,"论交谈的艺术",第三卷,第八章)。然而,在这一领域,和在其他领域一样,我们应当采用一种负责任的行为(因为我们对交谈负责,正如要对真理负责),即张开双耳,保持警惕,准备好被诱惑。而如果交谈对象聪明优秀,这并不会让我们损失什么,他的才华反而会引起我们的共鸣,我们就能舒畅自在地说出我们要说的话(虔诚的愿望,仿佛我不懂得社交冲动的力量似的)。

适应当下情况?(毕竟愚蠢正在进步……)

今年秋天,我发现当一些极端事件突然发生时,作家的话语有多么难以始终如一。我第二次为我的出版商修改后记,并修改正在写的一部随笔中的一章。11 月 13 日发生的事,号称伊斯兰国的恐怖分子在巴黎组织的这些屠杀让我们不得不重新思考我们的状况。比如说,我再也不能宣称"苦难深重的二十世纪终于过去,灾难已被抛诸脑后"。一言以蔽之,二十一世纪同样遍布荆棘。当我在今年夏天想要在这一章节中调整我的话,使其"适应当下情况"时,我一边写着,一边权衡着自2006年以来,气氛是如何改变的。人们似乎远没有那么爱嘲笑了,于是我写下:"街上挤满了无家可归的人,越来越多的穷人,越来越穷,年轻人对未来越来越没有信心,原先的国界被抹去,混乱统治着近东和非洲,整颗星球都在堕落……而我们就在那里,在一个瞬息万变到让我们瞠目结舌的世界面前颤抖。而这种让我们瞠目结舌的不安不是正在统治着今天吗?我们从未像现在这样需要聪明人来评论世界,为我们指点迷津。"这段话之后,我简单地对媒体知识分子们所发起的那些空洞的辩论回潮做了一个总结。我写在这里,但等一下我还要补充几条意见。

　　法国差不多发明了知识分子这一形象。知识分子很早就离开了自己的圈子,在城市里说出自己的心声,从启蒙时代的哲学家到大作家,再到参政的知识分子,最后是目前的媒体知识分子。这就是我们所处的时代。一段时间以来,媒体强调了话语(批评和观点)早已从政客那里转移到了媒体知识分子手中。说得不错,但也很扭曲,因为……让我想想,到底是谁把话语权给了后者,并"安排"了这一替代? 难道不是媒体自己吗?

用媒体传播文化,宣传辩论似乎在一开始是件好事,毕竟这能够提高普遍良知水平,或者……也能将哲学家们拉下神坛,让辩论水平变得惨不忍睹。因为给自己"打广告"成为前所未有的时代陷阱。这个时代被自我统治着,寻求着轰动一时的效果,震惊四座,因此也必然会流于简单,而其实原本需要的却是细腻的精神和微妙的意识。做"效果"的思想者与自恋狂不是没有联系,我们在城市里到处都能看到后者,他们面带微笑,手握生杀大权……甚至当这些知识分子们并不满足于在媒体上表达自己和写书时,他们的思想带着他们渴望得到媒体认同的痕迹。

然后,他们难道不是与我们在福柯之后所称的"专门知识分子"竞争(媒体上)吗? 或者是与"专家",即一个领域无可争辩、不容置疑的专长人员竞争吗? 我们在这里发现了一种我在随笔中所描述的内容的全新现实化,也就是布瓦尔和佩居榭的问题:对这两个人来说,危险就在于从奇妙的《百科全书》时代以来的知识爆炸之中,当时一个人(一小撮人)还能综合各类知识。同样地,在今天,要掌握能够了解世界的所有知识几乎不可实现,今天的世界已经无法在全球层面上来思考。所以我们要求助专家，他们不再声称能够表达一个普遍真理，而只是他们专业领域的真理。然而，为了不像福楼拜笔下的人物那样淹没在知识的海洋里，我们总是需要"普世知识分子"，因为部分的清晰并不能防备总体的盲目，并且因为只有他们才能帮助做出政治决定（总体社会组织的思想）。

从普通人角度来说，他们的幻觉是相信无限生产信息资源（无论是否有价值），并让每个人都能表达自己意见的因特网能够让人拥有对真理的总体认识。但正如我们所知道的，网络固然带来了新的、好的可能性，也同样扰乱了思想——从今往后，伊索寓言中说的，无论是最好的还是最坏的，在网络上找到了新的现实。

我们会想知道，这些常常以发表反动言论为特点的媒体知识分子在何种程度上继承了过去的理性论调（愚蠢在进步）。比如说，这里需要发展对"失望"的热情，而这标志着1981年以来的左派思想。诚然，政客们可能（非常）令人失望：但这并不能怪到左派的哲学和价值观头上，后者超越了政客们在某个时刻会采用的适应现实的方针。但说自己失望，非常失望，是因为我们期待得太多，太好，反正走极端也没什么大不了的。于是，我们努力彻底破坏了左派政治行动，却并不提出改善方针，这是否就等于最终又倒向了另一边，并把路让给了真正的反动派呢?《叫左派成为输家的阴暗愿望》(*Cette obscure envie de perdre à gauche*),这是让-菲利普·多梅克(Jean-Philippe Domecq)的一篇文章的标题……

简而言之,知识分子(智力的定义)的形象变成了一个大问题,而其在当下的形象也足以写一篇新的关于智者的愚蠢的文章……

如果格列佛在 2007 年宣称"反动派不再具有危险"没错的话,我们看到,他今天就没法这么肯定了。说实话,改变影响着整个社会,思想形态,因为旧的种族主义和自私主义背景始终存在,随着生活的困难程度而变得更或不那么活跃,而某些时期甚至会为其注入新的活力。我们的时代被一种普遍的惊慌所困扰,而且还受困于身份归属问题,因而呈现出一种真实的倒退。但这些转变并不会宣告这本书中的话是无用的,因为随波逐流主义的各个智力机制相互一致,一直顽固存在,这就是格列佛借着酒劲、愤怒、怀疑而快乐地分析的内容。于是,我们总是省略地思考流行思想、条件反射、还原、迟到的理性、精神的懒惰等等。举个例子? 颠覆的颠覆:长久以来,对正统思想的指责一直压迫着散发腐臭的布尔乔亚。我们难道没看到,在今天,人们又把这一指责施加于一切大方的思想吗? 另外,再也没人是散发腐臭的了。在今天,我们只找得到"决裂"的信徒。莫泊桑笔下的一个人物给了一个正准备进入上流社会的年轻女孩一条讽刺性的建议,现在已经没有什么意义了:"当你听到我们大家都在展现和捍卫自己的意见时,你就可以平静地在现有的基础上选一个你自己的意见,然后你就可以什么都不用想,高枕无忧了"(《如死一般强》)。

如果说随波逐流主义的实践很快得到了转变(以及相对主义、对审查的恐惧、请愿或其他格列佛所说的需要重新审视和筛选的变种形式的实践),那么各种机制却仍然维持原状。当然了,自我实践,也就是每天进行长期警戒操练的必要性是不变的。

所以,11 月 13 日让这些荒谬的喧嚣沉默了下来,而这些喧嚣也不过是聪明的愚蠢史上的一篇短小章节而已,但我怀疑这会不会重新开始,唉——矛盾的遗憾,但我担心我们不会立即有开心玩耍的机会。因为我们很可能会在一晚上的时间内换一个时代,很可能会无法再享受这一从未经历任何战争的年代:战争仍然在场,但却改变了形式,目的是恐吓。是否是出于这个原因,我们在最近几个星期被卷进了一场异常的智力铺陈? 或是因为由于和我们每个人一样,还没从各个事件的复杂性中回过神来,媒体便把话语权给了研究者、哲学家和我们很少听说的思想家? 事实是,阅读报纸变得令人兴奋(如果这个词在这一背景下是恰当的话),因为我们在报纸上看到了多少为了分析新状况的一百个方面所付出的努力啊。我觉得思想变得更严重、更严肃、更深刻了,但为了真正的改善而付出的代价却相当昂贵。

总而言之,无聊

这么说有点轻浮?那天,我不合时宜地邀请了一个讨厌的家伙参加我和格列佛、克拉拉的晚餐。我们之前正好和一个聪明人谈了一阵,他向我们解释道,他很久没有爱过了——这是维戈还是安贝克?——但在他的新书中,一切都被解释得清清楚楚,源头、做法、意图,他终于明白了,也爱了——哎!爱我们应该所爱的,不是吗。这是他的诚实——我很久以来一直不大相信我也会爱——,宽慰——我总算走上了正轨,但不是没有经过挣扎的,嗯,所以不是因为随波逐流……

格列佛说了一些极为精妙的事,但我也许过于欣赏他了……

突然,那个讨厌的家伙不知道吃错了什么药,开始傻乎乎地高谈阔论起来——说他傻乎乎,是因为那天所有在场的人在他谈及的话题上都比他说得更有道理,比他更有见识,而他应该是能够意识到的,也许他感受到了,但这更加强了他想表现的欲望,我也不知道。这真让人尴尬。格列佛努力克制着自己，不想毁了我的晚餐，而其他朋友则小心地背过身，同时各自交谈了起来。突然发生了一件事，假如我们诚实一些的话会承认是我们一直梦想的：正当那个讨厌鬼语气坚定地对着克拉拉大谈中国时——克拉拉常去中国工作，所以对那里了解得很，而他却从未去过——，克拉拉突然站了起来，睁大双眼，大声（她被激怒了）说道："我无聊了！"然后，她便走了出去。

啊，这句"我无聊了"真是让我们开心极了。多少次当我们面对盯着我们的注意力和听力不放的愚蠢时，我们想要大声喊出无聊啊！社交无聊这一感觉很少被强调，但却如此频繁，如此强烈，与普通无聊一样让人难以忍受，一样累人。我在我的这本书中也有些忽略它了，但现在补救了。

2015 年秋

"轻与重"文丛（已出）

图书在版编目(CIP)数据

智者的愚蠢 / (法)白兰达·卡诺纳著;马洁宁译.
--上海:华东师范大学出版社,2019
("轻与重"文丛)
ISBN 978 - 7 - 5675 - 9397 - 8

Ⅰ.①智… Ⅱ.①白…②马… Ⅲ.①随笔-作品集-法国-现代
Ⅳ.①I565.65

中国版本图书馆 CIP 数据核字(2019)第 132977 号

华东师范大学出版社六点分社

企划人　倪为国

轻与重文丛

智者的愚蠢

主　　编	姜丹丹	
著　　者	(法)白兰达·卡诺纳	
译　　者	马洁宁	
责任编辑	高建红	
封面设计	姚　荣	

出版发行　华东师范大学出版社
社　　址　上海市中山北路 3663 号　邮编　200062
网　　址　www. ecnupress. com. cn
电　　话　021 - 60821666　行政传真　021 - 62572105
客服电话　021 - 62865537
门市(邮购)电话　021 - 62869887
地　　址　上海市中山北路 3663 号华东师范大学校内先锋路口
网　　店　http://hdsdcbs. tmall. com/

印　刷　者　上海盛隆印务有限公司
开　　本　787×1092　1/32
印　　张　6.75
字　　数　90 千字
版　　次　2019 年 8 月第 1 版
印　　次　2019 年 8 月第 1 次
书　　号　ISBN 978 - 7 - 5675 - 9397 - 8
定　　价　48.00 元
出　版　人　王　焰

(如发现本版图书有印订质量问题,请寄回本社客服中心调换或电话 021 - 62865537 联系)